川端康成

Kawabata Yasunari

河边小城的故事

川のある下町の話

于荣胜 译

上海译文出版社

目　录

落水的孩子

就像所有的小城一样，战前，位于郊外的这座小城也曾显得十分宁静。然而，空袭焚毁了它。战争结束后不久，小站的南北出现了黑市，建起了市场，形成了一条热闹而狭窄的通道。

这些市场又两三家两三家地被改建成住房的模样。不到一年的时间，这里便成了闹市。不过，这里的道路仍是像以往那样狭窄。

在被称做电影院、游戏中心的两座建筑附近建起了十几家“弹子游戏厅”。在一条条小巷里排列着小酒吧、小酒馆、面条馆、寿司屋一类的小店。

N 车站的天桥重新修建后，被漆成了灰白色。桥下，燕子筑起了窝巢。在深夜明亮的灯光下，雌燕衔来了饵食。

十几家弹子游戏厅传出流行歌曲和弹子撞击的声音。除此之外，还有电车通过时发出的隆隆声响，来往不断的行人的脚步声、鬼节跳舞时的敲鼓伴奏声、小戏院招徕顾客的广播声……在雏燕长身子的时候，难道它们不会因此而睡眠不足么?

夏夜，这里还会有些今天已经鲜见的卖艺讨钱者从电车上走下来。他们中有敲着竹板、制作竹编的老人，有弹弦乞讨的男女……还有背着全身裹着绷带的幼儿、提着购物篮子的母亲，她走到店前会停下步来突然放喉高歌。原来她也是讨饭的。那个不断吆喊肚子饿、倒卧在地，让人们买她的据说是她唯一财产的剃须刀的少女；还有那个外表善良，在为少女当“托儿”的青年——对于这车站的燕子来说他们早就是熟面孔了。

“看啊，请看那儿的燕子。日本战败了，日本被占领了，可这燕子仍然从南国飞来了。飞到它思念的日本生孩子来了。那些从外国来的，唯一没有改变态度的不就是这些燕子么。”

做“托儿”的青年慷慨陈词。有人望着燕子窝点头称是。

“燕子的老家被烧毁了。所以，它在车站的天桥上建起了窝。这个女孩子就像它们一样啊。”

青年煞有介事地说。

在天气晴朗的下午，狭窄的道路两旁会搭起临时的店铺。铺里有皮球、小白鼠、布头、小孩衣服、合欢树苗……那手推货车上的货样样都是五十日元，从松紧带到杯子、烟灰缸，什么都有。甚至还会有按月分期付款的缝纫机、制作寿司的机器。要买虫子标本，这里有“孙太郎虫”[①]。

“太太，您有小孩吧。这孙太郎虫，多稀罕啊。我一直在找它呢。我以为战后已经没有它了呢。没想到在这儿找着了，真让人高兴。我看日本是亡不了国喽。”

一个也像是“托儿”的女人蹲在店前，向往来行人招呼道。她脖子上因长期擦粉显出了褐斑，头发向上拢起，上着女式衬衣下穿西式裙子，脚上穿着红带的木屐。从这儿走过的一个男人自语道：

---

① 广翅目齿蛉科昆虫的幼虫，俗称爬沙虫，烤焦后可治小孩的疳症。

“就因为这么个孙太郎虫，日本就会不亡国？”

在和平的过去，这种景象在浅草是常常可以见到的，显示着浅草独特的气氛。而今天，在所有的街市里，它却像毒蘑菇一样四处萌生。

这个城镇地势很低，四面为河所围。

河岸上有一座座标有“温泉”字样的旅馆，有令人伤感的排排民房，有并不大的工厂，还有S医科大学的附属医院。

河水阴沉沉地流着。

平时，这混浊的似乎散发着毒气的河水流量很小，只到那些捡拾河底铁屑的男人们腰部那么浅。

……八月二十日以后，先是两三天让人感到身上发冷，接着便是让人热得发昏。

报纸、电台都发出了预报，说那个起着美国女人名字的台风就要来临。

九州已经要起风暴了，关东似乎也受到了它的影响。一场大雨洗刷了热得令人难以入睡的东京的夜晚。天亮了。

早晨八点以前，雨一直在下着。雨声掩盖住人们的话语。穿街而过的小河水量猛增，发出了山峡中河流般的声响。

天晴日出，温煦的风或从西南，或从东南吹来，弄得人们坐卧不宁。天空上露出晴日不久，各种形状的云便匆忙而至，将天遮得阴沉沉的。顷刻之间，又是一场狂风骤雨。

就这样，停停下下，下下停停，雨一直持续到下午才住。

要是平日，这所位于河边的医院，小儿科门诊早就被病人挤得水泄不通。可今天这里却因为这坏天气显得冷冷清清。

栗田义三这年春天从S大学毕业。准备参加国家考试的期间，他在这所医院的小儿科担任住院医师。这天下午，他不需要去取门诊病历。在去他分管的病人那儿查房之前，他还有些空暇时间。

义三从医务室的窗户望着外面从天而降、水花飞溅的雨水。由于雨势过大、河水猛涨，再差一两寸河水就要溢到路面上了。

战争期间，那些缺少柴薪的人们将河岸上成排的樱木连根拔走了。再加上河两岸的住户往河里扔了许多东西，使得河床变浅，一阵雨就能让水涨升许多。

义三难以相信河岸上竟然有过樱花怒放如云如海的日子。这真像久远的梦一般。

平日阴沉污浊的河流借着雨的力量狂暴起来，张牙舞爪地向桥墩扑去，似乎在发泄内心的积怨。这使义三感到十分痛快。

“呦嘿——呦嘿——”

好像有人在挑唆孩子们打架。

义三看着，看着，河水涌上了路面，伸延到了岸边人家的门下。

不过，这河倒闹不了什么大事。

雨暂时住了，河水便迅速地退了回去。

大人们、孩子们从一条条巷子里走了出来，望着河水，觉得十分新鲜。

在人们的举动影响下，义三也想出去看看。他把大褂挂在墙上的衣架上，穿上放在门诊部石板地一角的木拖鞋，向河边走去。

孩子们跑着，追赶着迅速退缩的河水。

义三点着了烟。就在此时，传来了“啊，孩子落水了。来人哪，救人哪……”的呼喊声。义三向河里望去，发现一个身穿白衬衫的小小的后背部正在水流中浮动，不一会儿便被卷到桥下去了。

义三沿河跑了起来。他一边跑一边脱下衬衫。他打算在确定好被冲走的孩子的位置后，再跳入河中。

可是，义三跑起来后才发现河水的流速出乎意料的快，心中不由一惊。

那个身穿白衬衣的孩子在水里上下浮沉，已经被冲到了第二座桥下。

义三仍然在往前跑。然后，他跳入水中，将冲下来的孩子揽到怀里，走上岸去。

义三这个未来的医生把孩子轻轻地放在地上，为孩子做起人工呼吸。他将孩子的脚抬起，头垂下，按压着孩子鼓胀的腹部，让他吐出水来。

这是个还很幼小的孩子。

"有三四岁吧。"

义三自语道。

孩子的太阳穴处渗出了血，大概是跌落水中时碰到了桥桩。伤势很轻。

小孩恢复意识后，大声地哭喊起来。

"孩子，太好了。"

义三摇着孩子，向他笑了笑。

"乖乖，你这个傻瓜。"

突然，孩子头上传来一阵尖叫。义三慌忙侧开身子。这时，小孩子被一个年轻女子抱了起来，紧紧地搂在怀里。

门上的喇叭花

不知什么时候，义三的周围筑起一道人墙。在人群中，浑身湿淋淋的义三感到有些不好意思，说：

“衬衣脱不脱的倒无所谓，要是脱了裤子就好了。”

“一边跑一边脱裤子，那可脱不下来。”有人道。

义三望着抱着孩子的年轻女子的纤弱的肩头，小声地催促道：

“走，到医院去。我是医院的。去给他打一针。另外，再给伤口上点药……我想没什么大事的。”

义三的裤子淌着水，半拖半拽地艰难地向医院走去。

路上，义三碰见了抱着他脱下的衬衫的护士，也看到了闻讯而来的巡警。

在医院的大门前站着同样作为院医的义三的女友，还有医院的工友。面对着兴奋的人群，义三满面通红、束手无策、不能自已。

义三被让进浴室。当他洗完身子出来时，发现更衣室里摆放着护士们为他找来的背心、短裤，还有一条不知是谁的藏蓝斜纹毛料学生校服裤子。这裤子，义三穿起来显得稍稍短些。

回到医务室，义三看到井上民子正在神情兴奋地等着他。井上和义三毕业于同一所大学，现在也在这所医院当实习医生。她长着一双黑黑的眼睛。

“栗田，我大声喊来着，你听到了吗？我一直在窗户边看河水来的。”

“是吗？原来是你呀。”

义三望着民子又问：

“那母子俩来了吗？”

“人家哪是母子呀。是姐弟。”

“是吗，是姐弟？”

“我给他的伤口消了毒，上了红汞……另外还给他打了一针强心剂。”

“你处置得挺妥当……”

“是这样的吗？”

民子低下头，开玩笑似的说。

“听说刚才那姐弟俩是靠国家救济过日子的。栗田，你注意到那女孩子的眼睛了吗？真漂亮，漂亮得让人吃惊。他们还在检查室呢。”

义三穿上白大褂走出去，推开了检查室的门。

那个年轻女子将孩子抱在膝上，坐在里面。孩子身上仍然是湿淋淋的。

“得快点儿给他换上衣服。”

说这句话的时候，义三顿时觉得脸像发烧一样。

女孩子的美丽的眼睛使义三惊呆了。她的视线从义三刚刚洗过的头发、年轻红润的面庞、白色的大褂、稍短的裤子移到义三穿着拖鞋的脚上。义三一瞬之间感知到了这一切，一动不动地呆立在那里。他从未感受过如此的目光。

这双眼睛是不会接受自己的。义三想。

可是，当他与这女孩子面对面时，他才发现这女孩子认真的表情是那么年轻。他不禁奇怪，自己刚才为什么会把她认成孩子的母亲。

此时，女孩子那认真的神情上浮现出微笑，显得十分高兴。

“太谢谢您了。谢谢。”

那声调就像在大人催促下才开口的少女一样。女孩子那天真可爱的神情使义三内心又失去了平静。

义三也笨嘴拙舌地说：

“没，没什么。快回去给他换换衣服吧。”

听那话，似乎在赶人家走一样。

“真给您添麻烦了。请说一下您的姓名和年龄……我回去要向署里汇报的……”

一个男子的声音传入义三的耳中。他这才发现一个与自己年龄相仿的青年巡警也站在那里。

“哪儿的话，这可用不着。”义三摆了摆手。

巡警离开之后，夕阳射入屋内，使检查室顿时明亮起来。

义三拿起放在桌子上的新病历。这病历大概是刚才那幼儿的，上面这样写着：母亡、吉本富子、私生子、和男、四岁……

“私生子，四岁？”

义三边看边自语道。这时，他突然听到有人在说：“看彩虹，那么大的彩虹。”“彩虹下面还有小彩虹呢。”

“栗田先生，该查房了。”

护士从门口探出汗渍渍的脸来。

已经是下午四点了。

义三抓起听诊器的黑胶管，向二层自己负责的病区走去。

患者病情没有什么变化，一切都很顺利，查房很快就结束了。

只要自己负责的病人不出现意外病情，这次查房以后，实习医生就可以下班了。

有时出现急诊，碰上重病人或者参加手术，实习医生晚上也要留在医院里。今天的工作这么早就结束了，这使年轻的义三感到解放与自由。

“真想看看电影。怎么样？”

义三向井上民子邀请道。

也许是因为狂风暴雨之后的缘故，也许是因为刚刚救了孩子，义三觉得自己有些莫名的兴奋。他不喜欢这种莫名的兴奋，也不愿意将它带进自己一个人的公寓房间里。

看看电影，再去喝咖啡、吃点心，这对义三来讲是有些奢侈。但是，他愿意借此获得心满意足的疲劳感，使自己回到房间就能马上入睡。

民子点点头，问：

“行。现在演什么好片子呢？”

“今天早晨，我在车站看到电影广告了。说是有‘天鹅之死’和‘好人萨姆’……对了，还有‘复活节行进’呢。”

“‘天鹅之死’，我以前看过一次。不过，再看一次也成。”

民子身着白色鲨皮纹样的套装，腿部好看而修长，脚上穿着一双高跟鞋。她和栗田并肩离开了医院。

民子有些中国人的模样，所以被起了个有趣的外号，叫“唢呐”。不过，民子一眼看上去，便能让人感受到她的智慧和善良。从气质上看，她也十分适合做女医生的工作。

“栗田，你以前说过吧？说你来这所医院当实习医生后，曾经碰到过医治无效的病人。”

“是的。是个小孩子，得的是急性肺炎。想起来，真让人难受。”

“是呀，太别扭了。我也碰到过。给病人治病倒没什么。可病人一死，当医生的真是难受。当时我想，还是不当医生的好。比起当医生来，像刚才你那样去救人，多痛快多直接呀。你会受到表扬的。”

“那也不过是件很平常的事嘛。”

义三不愿继续这个话题，便说：

“井上小姐，你要是通过了考试，准备做些什么呢？”

“还早着呢，不是明年七月份嘛。我还没有想好呢。要是家里允许，我倒是想留在大学里，搞搞细菌学。”

“嚯，细菌学？！留在研究室工作，那可不错。我可没那么自由，还得赚钱糊口呢。”

两个人沿着河岸边说边走，走了一百米左右的时候，民子突然抓住义三的手臂道：

“你看，是那孩子。已经在玩呢。真皮。”

义三也停下脚步。

确实是那个孩子。

这孩子额头粘着白色胶布。他抬起头用那双圆眼睛望了望他们俩，显得有些不好意思。于是，便摇摇晃晃地登上附近的石阶，穿过小丛林，躲到了足有他身子一般高的草丛之中去了。那里像是一幢大房子的遗址，上面现在长着许多树木。

绿叶巧妙地爬满了曾是大门的生锈的铁门上。绿叶上面点缀着牵牛花的花朵。

义三猛地眨了一下眼睛。

“那白色的是什么花？”

“牵牛花嘛。那儿过去有片房子，后来被烧了。里面还有夜来香呢。”

在这片宽阔的房屋旧址上，看不到一点儿有人居住的迹象。

美男子大赛

义三所住的公寓离医院仅有一站。义三平时都是走着上下班。

说是公寓，其实是同乡会为来东京上学的学生建的单身宿舍。对义三来讲，这儿只不过是学校的延长线。这座木造两层建筑共有十六间屋子。每间屋子里住的都是与义三同乡的学生。

义三房间两旁住的，是 W 大学和 N 大学的学生。他前面的三间房子里住着两个女大学生和一对兄妹（高中生和女中学生）。这对兄妹有时会吵得天翻地覆。

义三回到屋里，点上灯。这时，住在前面的女大学生穿着一件大花图案的和式浴衣走了进来。

“栗田先生，这是你的信、报纸，还有包裹……给。”

说着，她便将东西递了过来。

信和包裹都是 N 县的表妹寄来的。包裹是挂号的，用手摸上去，像是书。

报纸是老家的地方报。不过，家里从来没有寄过这种报纸。义三觉得十分意外，便先剪断了报纸上的封带。

“嗯？！”

报纸上的广告栏用红笔圈着，上面竟是自己的照片。这真让义三吓了一大跳。

仔细一看，原来是一家叫天鹅商会的牙膏公司举办了一个“美齿美男子”摄影大赛，义三的一张露出牙齿微笑的照片获得了一等奖。

可是，义三根本不知道这件事。看来这一定是有人在捣鬼。

义三思索着老家的朋友中有可能做这种事的人的面庞，心里不无微词。

——报上还写着：奖金一万日元，另赠天鹅牙膏、天鹅牙刷、男性用镜子一个。

“看来这作案者是为了要这奖金了。哼！”

义三把报纸扔到一边，拿起表妹的信读了起来。

祝贺您获得一等奖。

我有时很想知道您在东京的情况。可是，您就是不来信。所以，我就给您来个恶作剧。那张照片是您去年夏天回来时，用我的相机照的。可见，我的水平还是不错的吧。

奖金的一半转交给了您的母亲。她大吃一惊。不过还是很高兴的。没有任何人责备我。所以，您也不要发怒让人害怕。我也留下了十分之一的奖金，用它买了仁木家刚生下的两只小山羊。它们成了我的朋友。剩下的钱放在了给你寄去的书里。

这本书是我父亲从M市买来的，说是对实习医生、研修医生有参考作用。

最近尽是些让人高兴的事（照片的事也是挺让人高兴的）。我父亲又要去东京了。听说这边的医院要卖掉。还听说有人在东京为我们找到一块地建医院，那里离您现在工作的医院很近。我父亲说请您介绍一下您所了解的那地方的情况。我父亲有可能为这地的事上东京去。要是学校放假，我也要和他一起去。真让人高兴……要是今年年内能够开工，那么我明年就能去东京上学啦。

“原来是桃子……”看完信，义三才恍然大悟。

桃子是个梦想家。不过，她要是想做什么，一般都要去做的。把义三的照片寄给天鹅牙膏公司，这倒真像桃子干的。

义三的这个表妹已经高中二年级了。可在义三的眼里，她更像个调皮的小弟弟，一点儿也不像个女人。

桃子虽然算不上美人，但是天真可爱、性格开朗，又是独生女儿。所以，在谁眼里她都是一个招人喜欢的少女。

义三笑着打开了包裹。原来是《内科临床实践》这本自己想买的书。

对于义三来讲，那夹在书里的一千日元一张的票子当然更为珍贵。

“我不会发怒的。”

实习医生是没有工资的。而且，义三无论走到哪儿，他都要比别人穷。

义三的家在信越线的车站前面。家里开了家专卖日用品的杂货店。二战前，父亲经常打月票到东京去卖杂货。那时候，义三还是个孩子。孩子的无忧无虑使他并未感受到贫穷的压力。但是，二战开始后，家里有限的货全卖光了，可又无钱进货，使得杂货店只剩下满屋的灰尘了。也就在这个时候，义三的父亲离开了人世。

义三的二哥战死了。大哥虽然平安回到了故乡，但是靠一个小学教员的工资却很难养活妻子、母亲这一家人。

义三从广岛吴市的军校回来后，在当医生的桃子的父亲、也就是他舅舅的指导下，进了医科大学。学生生活虽然得到了舅舅的帮助，但仍然是捉襟见肘，十分困苦。

不过，义三的出众的容貌掩盖了他的贫穷。人们都认为他是名门大家的少爷。而义三的自尊心则强迫自己竭力不使这种传闻露出破绽。

义三清秀的容貌以及他那与容貌相匹配的自尊心时时得到女人们的喜爱。虽说义三并无此意。

舅舅以前曾在东京的下町开过一所医院。战争激烈以后，桃子和母亲为了躲避战火来到了 N 县舅舅的老家度日。后来，医院遭受到战火的毁坏，舅舅便也回到了家乡。因为预先已将一些医疗器材疏散到了老家。所以，舅舅很快便在家乡开了一所医院。舅舅的这所千叶医院大概是因为东京的博士所办，所以来此就诊的患者十分的多。

桃子的母亲在与义三的舅舅结婚以前，曾经登台唱过歌，至今仍然对声乐十分痴迷。所以，她早就厌倦了乡村的生活。这次桃子一家迁居东京肯定也与她的强烈要求有关。

舅舅要是在东京办医院，毫无疑问，肯定得让义三为他做一段时间的助手。可是，对于义三来讲，这种死板的未来生活使他感到厌烦。

他希望获得更多的自由。

义三用脚尖将家乡的报纸、内科的书拨拉到了角落，就好似踢开了束缚他的东西。然后，他从壁橱里取出卷在一起的枕头、褥单和被子。

这要被桃子看到，她一定会伤心的。

玻璃中美丽的少女

落水孩子的姐姐房子在“绿色大吉”弹子店工作。只有那天晚上，她休息了。

在这所宽敞的游戏室里有三处卖弹子的销售台。房子每天晚上七点接白天卖弹子的女孩的班，在其中一处卖弹子。

销售台四周都是玻璃，从外面可以看到房子的上半身。房子的工作就是坐在里面，接过钱来把同样金额的弹子放在客人的多种多样的手掌上。她既不用开口讲话，也不用去看顾客的脸。至多有时说上句：“这里没有零钱了。请您到那边的台子去买……”

也许是由于从各种角度都可以隔着半圆筒形状的玻璃看到房子这个美丽的少女，所以房子的销售台前顾客很多。“绿色大吉”每天从七点左右开始，顾客明显增多。

房子的弟弟叫和男。这天晚饭也和平常吃得一样多，也和往日一样按时入睡了。但是，房子却放心不下，不愿将弟弟交给邻居照看。她担心弟弟睡熟后会突然惊醒。

房子家的周围都是白铁皮板搭建的小房子。每家都是一贫如洗，分不出贫富来。她隔壁的那家邻居也是没有父母的孤儿，四兄妹在一起生活。老大二十三岁，老二二十，老三十七，老四仅十四岁。

老大是哥哥，按说正是干活养家的时候，可是却患了肺病，现在住进了国立的疗养所。其余三个全是女孩，两个大些的在公司工作。所以，邻居都愿到他们的家里来玩，一玩就玩到深夜。

每当家里来人玩时，那个上中学的十四岁的女孩就会到房子家来，一边学习一边帮助房子照料弟弟，有时候，房子从弹子店回来后，还会发现她已挤在和男的床上睡着了。

每逢这时，房子都会笑笑将她留下来。

房子仅仅在照片上见过自己的父亲。她的父亲不是在战争期间死的，而是很早就离开了。空袭使他们的房子烧毁了。但是母亲和房子却没有可以投靠的亲戚，只好依旧住在这处已住惯了并且十分熟悉的地方。

母亲在这里建起了白铁皮板的小屋子，为了一家人的生活付出了全部的精力。

后来，经过民生委员的申请，房子家获得了国家的救济。但是，母亲仍然要为人家洗衣服、看家、料理家务，以补家用。凡是女人能做的，母亲都干过。

得到国家救济的人，都是要偷偷去工作的。否则，工作的收入就要从救济金中扣除。

上小学六年级时，学校组织去箱根郊游。房子特别想穿毛衣去，便央告母亲为她买一件。母亲买来一磅毛线为她织了一件半袖毛衣和一件开襟毛衣，另外还为她买了条藏蓝色的无袖连衣裙。可是，房子想穿的是挂在街上商店橱窗里的那种多色彩的有图案的毛衣。

当房子成了新制中学生时，国家的救济款已经领到了最高额两千几百日元。

房子这时和其他女孩一样，特别想得到美的、新的东西，有时甚至都难以控制自己。特别是向母亲央告，而母亲又未满足她的愿望时，她越发想要得到。

不过，像鞋、书包、钢笔这类的东西，她的多数愿望都能得到满足。这曾经让她十分不解。

那年春天，房子的母亲生下了弟弟。

这对房子来讲，简直就像做梦一样。

不过，房子还未成年，她还无心去琢磨孩子的父亲是谁。她只是觉得小弟弟可爱极了。

当她看到小弟弟吃母亲的奶时，看到母亲给小弟弟剪那犹如薄膜似的指甲时，在她给小弟弟穿小衣服时，房子内心充满了对弟弟的爱怜。这也许就是那种少女朦胧的爱的觉醒吧。

放学后，她都是跑着回家。一进家便问“宝宝在哪儿”，接着便是逗小弟弟玩。

每当这时，母亲总是转过身去眼里含着泪道：“真是个怪孩子。”随即，母亲便离开家门，把婴儿交给房子照料。

母亲必须去工作。所以，到房子放暑假时，和男就全由房子来照料了。母亲有时要去卖中元[①] 礼物的店里帮忙，有时则要四处去分发夏季用品大减价的广告。

当和男出生八个月的时候，每天忙忙碌碌的母亲得了急性腹膜炎。在痛苦中挣扎了两三天后，母亲便离开了人世。

周围的人们都劝房子把和男送人。但是，房子觉得要是离开了

---

① 指农历七月十五日，日本的中元节。

和男，自己就会孤单得活不下去。

“房子，你还是个孩子，要自己带着个小宝宝，那可不是闹着玩儿的。你今后可怎么过呀。”

无论人家怎么说，房子也难以了解这种生活的艰辛。她觉得和男也吃不了多少东西，自己只要像母亲那样做就行了……

和男有五百日元的生活救济金。可是，房子中学毕业以后，就算是能够就业的人。所以，她就失去了原先的那份救济。

从春天开始，房子便开始了弹子店里那个玻璃橱中的生活。干一整天的活可以得到七千日元。可是，由于房子只是晚上工作，所以工资只有三千日元。她就靠着这些钱过活。

今天，要是和男落水淹死了的话，那么房子恐怕就无力独自生活下去了。和男的生命就好像是房子生存的意义所在。

“要是没有那个医生来救和男，还不知会……”

房子不断地轰赶着那些轰不尽赶不绝的蚊子。蚊子一个劲儿叮咬着和男的脸和手。房子心里想还是小孩子好啊。和男睡得很熟，没有做落到水里的噩梦。

房子真想能有人来照料自己，让自己也能像小弟弟那样过上个一天两天的。也许这种心情就是人们所说的心里没底吧。

“你今天晚上不去了？”

这时，邻居家女孩走了进来。

“嗯，我今天歇了。”

“宝宝发烧了？”

“睡倒是睡得挺好的……”

房子用手摸了摸弟弟的额头道。

“今天这场雨，弄得地势低的家里全进水了……咱们这儿高，倒没什么事。不过，听说有人要买这块地，咱们也得搬到别的地方啦。”

“真的？”房子抬起头，问，

“谁说的？”

“我也说不准。我姐姐说，那些家里进了水的人可恨我们呢……”

“真麻烦呀。”

听到这些给自己现在的生活带来很大威胁的事情，房子真是觉得痛苦极了。

街镇上那流行歌曲的唱片声不断地闯入这座四面薄壁的小屋子里。

节日之后

本来要给桃子写回信的，可是回信上还要写“您所知道的那个地方的情况”，栗田义三觉得有些麻烦，心想索性再拖上几天。结果，N町的八幡祭到了。就这样，拖到了九月十五日，又拖到了十六日。

往日的节日风俗在这所曾遭受战火破坏的街镇上又恢复了起来。身穿和式浴衣的年轻人和孩子们抬着轿子，拉着彩车，走街串巷，热闹非凡。风吹到穿着浴衣的人们身上，已有些寒意了。

房子所在的“绿色大吉”的入口被轿子堵了个严严实实。狭窄的道路上到处是人，已经水泄不通了。

一座打着“御酒所”招牌、装饰着绿竹扶手栏杆的空店里，站着些无所事事的男孩和女孩们。女孩子头戴花笠，身穿长袖和服。男孩子穿藏蓝色的短衣，头上裹着新毛巾。抬轿子的男青年们显得狂躁、阴郁，也不知是因为来了情绪，还是由于过度的疲劳。人们在四处挤动着，争吵着，整个街镇处于一片骚乱之中。

在街镇的角落上，有座高架台子。一位老人正在那里表演神乐。但是没有任何人肯抬眼去望望他。伴奏的声音也被街镇上的噪声所淹没了。

八幡祭这天，刚刚到傍晚，夹着广告的男人便迫不及待地撕掉节日期间活动的通知，四处张贴起他们的广告来。有的广告写着："幻灯会主办西方方块舞会，星期日二时在N小学举行，欢迎随时参加"，有的广告则是"美国旧衣料展销会，妇女会主办，地点N教堂"。

节日之后，桃子和她的父母来到了东京。他们是利用星期六、星期日再加上秋分之日这三天连休来的。

当桃子给医院挂电话时，义三正在手术室做助手。义三所负责的一个小病号因为查不清病因，所以医生决定做手术检查肠道。手术从这天下午开始。打开腹腔一看，原来是小肠套叠。医生顺便又给他摘除了阑尾。就这样，十五分钟后，手术就结束了。但是，由于小孩子体温有些下降，再加上脉搏有些过快，所以义三又在病房观察了一段时间。

四点左右，义三回到值班室，发现桌上有张留给自己的条子。上面写着"请到麻布江之村来。千叶和桃子"。

"'千叶和桃子'的'和'不是多余吗？！"

义三脱下白大褂，换上外衣，仔细地看了看这张铅笔写的条子，发现这个"和"字显示出了桃子的智慧。这是在告诉他：桃子是和父母一齐来的。麻布的江之村是桃子一家人经常下榻的一家旅馆。他们每次来东京都要住在那儿。义三也曾经去过三四次。

义三出了医院，坐民办电车，转国铁电车，换都营电车，来到了麻布的旅馆。

江之村旅馆的老板原先是在日本桥开棉布批发店的，二战以后，他把自己免受战火毁坏的房子改办成了旅馆。这个旅馆一点儿也没有旅馆的样子，房子很大，院子却是乱糟糟的。

旅馆所在的这一带逃脱了战火的毁坏，仍然维持着战前的样子。但走到大街上，却是一番截然不同的战后景象。那里有许多引人注目的洗衣店。他们的主顾都是住在这一带的外国人。这些外国人都是占领军进驻后迁居而来的。

义三被让进屋里，才发现只有舅母一人在家。

“来了。”

舅母笑着道。那神情就像昨天刚刚与自己分手似的，根本看不出是住在旅馆内的客人。

“您什么时候来的？”

“昨天晚上。”

舅母仍是那么美，那么丰腴，那么充满生气，丝毫也没有久居乡下的样子。义三心里暗暗感叹。

舅母身材修长、皮肤白皙，穿起西装来显得十分合体、漂亮。也许是因为她是唱西洋歌曲的，她生活中的一部分已经完全没有了日本式的味道。譬如说，她对日本四季的节日活动，对日本孩子的庆典活动毫无兴趣，甚至连邦乐[①]、歌舞伎也不甚了了。

舅母在和舅舅结婚以前，曾经上台表演过西洋歌曲，是个声乐家。她十分珍惜那时的影集。影集照片里的舅母和现在的舅母都显得那么年轻漂亮，简直难以分辨她们之间有什么不同。

义三想起了自己的母亲。母亲和舅母年纪相仿。但是，风吹日晒的劳作已使母亲面部爬上了皱纹，腰已显得弓了起来。每逢见到舅母，义三总要为她与母亲之间的差异惊叹不已。

---

① 日本传统音乐。

舅舅是母亲的哥哥，在男人中间个子算是矮的。他可以说是个十分务实的“生活派”人物。

舅舅和舅母这样一对十分不协调的夫妻，竟然生活得十分平和。这使年轻的义三总有些不可理解。

“义三，你身上药味够大的。”

舅母慢慢地向后仰仰头，望着义三。

“这不可能。我在医院也不穿这身衣服。”

义三揪起学生制服的胸部，用鼻子闻了闻。

“有味的。那味已渗到里面了。和桃子的父亲一样。当医生就那么有意思吗？”

“桃子呢？”

“他们俩一直等你来，等不及了，出去了。我也是去看了看朋友，刚回来。”

舅母用圆润的、上粉红色甲油的手指夹出一支烟来，让给义三，然后点燃自己的，轻轻吸进一口，又喷吐出去。

“我看了看朋友，觉得要过就得到东京来过。我的朋友是又教歌，又唱歌。她的丈夫是个画家，听说没有分文收入。先别说人家幸福，还是不幸，人家说起来过得是充实。我真羡慕她。”

“人家还在羡慕您呢。”

“为什么？”

“我舅舅有收入啊。”

“他倒是有，可我呢，又没有工作，也没有收入。我的日子就是靠给桃子讲故事打发的。桃子和我小时候一模一样。又好动，又娇气……她也喜欢音乐，可就是声音细。那不成的。”

义三默默地听着。

“我真想平平安安地把这孩子交给某个人手里，譬如说……”

舅母忽然用动情的眼神看了看义三的眼睛。

这时，走廊上传来一阵小跑的声音。

“我回来了……”桃子首先闯了进来。

“噢，来了。”舅舅也回来了。

桃子那孩子般的嘴唇，高挺的鼻子，黑黑的眼睛都透露着笑意。

“你来得真够晚的。我们都等烦了，就到N町去了一趟。”

桃子来到义三的身边坐了下来。

“上次那事谢谢你。其实还不知应该谁谢谁呢。反正，先谢谢你吧。我是先看的报纸，真吓了我一跳。”

“义三，你有那么漂亮吗？”

桃子故意睁大眼睛看了看义三。

“一下就被人家选中了，也吓了我一大跳。”

“这美男子也有不少类型。可就是没听说有刷牙美男子的。”

“刷牙美男子，这也不错。妈，义三说他是刷牙美男子。”

“义三，桃子可真是喜欢那张照片。一会儿从书桌的抽屉里拿出来，一会儿又放回去的……我要是去她的屋里，她就会藏在书下面。我还以为她准备收藏起来呢。没想到她却拿出去，参加了报纸广告上的大奖赛。”

桃子脸涨红起来，结结巴巴地说：

“我，照得那么好，当然高兴了。”

“宿舍的人都拿我寻开心，叫我刷牙美男子呢。真有点让人心烦。”

义三转开了话题，使桃子不至于过分尴尬。

桃子蔫蔫地说：

“我真担心，以为义三一定会十分生气的。你也不写回信，今天也不来接电话……”

“信是写晚了，那是因为你让我调查一下街镇的情况。跟留作业似的，所以就拖了下来。今天是因为我负责的孩子做手术……我看到你的电话留言，马上就离开了医院。我才没为那事生气呢。我用那钱买了一双鞋。”

“鞋？刷牙的变成刷鞋的了？”

“下次，你给我照张擦鞋的照片，我去买顶帽子。”

“对，呢子礼帽。妈，给义三买顶帽子吧。还没给义三买礼物呢。”

“跟你开玩笑呢。”

义三发现桃子的父母正在竖着耳朵听他们的交谈，脸上顿时有些发烧。他转过脸来，向舅舅问道：

“N 町乱糟糟的，热闹极了。您看了一定很吃惊吧。”

“是够热闹的。”

舅舅点点头，又说：

“节日捐款，有的人捐得可真够多的。看贴在那儿的名单，前面的尽是些捐五千、两千日元的。”

“还有这种事儿？您去医院占用的地皮看了吧。在哪儿？”

“就在河边，你上班的那家医院附近。近倒是有点儿近。不过从整个街镇的布局来看，那儿有家私立医院也蛮好的……”

“就是那个有铁门的、长了好多草的地方。”

桃子插嘴道。

“要是在那里边建上栋小房子，再把那院子改成草坪，就可以让我的朋友来玩了……可要是全建成医院，就没意思了。”

“不过，那处旧房址，还有人住呢。”

“爸爸，那个人可漂亮啦，是吧。不过，也挺吓人的。她老盯着我。”

“……是不是有个小男孩？”

义三问。他似乎有些心事。

“对，有。”

“那门上还有牵牛花？”

“牵牛花？那门上尽是些草，那就是牵牛花吗？”

义三心想，自己的感觉太准确了。

同时，他还清楚地发现自己一直在暗暗地关心着那个少女。他心里不觉一惊，便向舅舅问道：

“医院什么时候建？”

“准备就在近期建。可是，让人发愁的是得把那儿的住户全赶走。”

“这种事，也得你去办？”

舅母皱着眉头，也参加到三个人的对话中。

“虽说不是直接去办，但也让人心烦呀。”

保护“公主”

义三望着皱着眉头的舅母、表示“发愁”的舅舅，观察着他们的神色。

“不过，没有办法。”

舅母轻轻地摇了摇头。

“这也是没有办法嘛。”

说着，舅母把一本西服布料的样书递给义三看。

“你看这些藏蓝色，哪种好呢？”

在义三看，哪个都是一样的藏蓝色。

“您准备做什么用呢？”

“准备给我和桃子做条裤子。我想到常去的那家西装店去做。就是拿不准这颜色……”

义三看中了其中一种较为明亮些的藏蓝色。

“蛮有眼光的嘛。这种价钱很贵的。这是英国料子。桃子穿这种颜色的裤子，再配上珊瑚色的毛衣就好了。我穿这种颜色有点太明快了。我还是选这种灰色的斜纹呢吧。上身，我想穿浅紫色的。你看怎么样？”

“我可不懂这个。”

“你就当做打扮自己所喜欢的女人嘛。这也是一种学习……”

谈到这类话题，义三总觉得自己像生存在不合适的水域中的鱼一样，十分沉重、疲惫。外面天已经完全黑了下来。宽敞的旅馆内，到处都传来落窗闭户的声音。旅馆的服务人员送来了晚餐。

“义三，今晚就住这儿吧。”

桃子说。听那口气，就好像她已认准了。

义三挤出了两个字：“回去。”

“真怪啊。明天是星期天，后天是过节放假。你们医院都不休息吗？”

“我们实习医生休息，不过……”

“那就住下来，别走了。”

“你就陪陪桃子吧。”舅母也说。

“明天，我们要出门的，就剩下桃子一个人了……我们这个幻想家的东京之梦该要破灭了。”

“对啊，就是嘛。我要是一个人孤单单的，可要恨你的。”

“幻想就该一个人孤单单的嘛。”

“那也要分场合看时间的……”

桃子答得真妙。这让义三颇感惊奇。看来不能小看这个小女孩了。

义三原来打算回去看看今天做手术的那个孩子。不过，舅母和桃子这么留自己，看来也没有必要硬要回去。就这样，义三也就顺着桃子她们的意思留了下来。

第二天清晨，隔壁房间传来了桃子她们母女的交谈声。

义三点上一支烟，但脑子仍是迷迷糊糊的。听起来，舅母和桃子的声音十分相似，有时让人觉得就像一个人在背台词似的。

“……不成？桃子就不成？”

“当然不成了……”

“可是，最近，您的事儿，我不是都帮忙了吗？！我得做多少才成呢？就连您的房间，我都帮您打扫过了。”

“这事儿啊。桃子，我跟你说。你是一年到头，尽想些没用的事儿。所以，你是什么也做不成。心不在焉[①]。”

“上空？那是什么样的天空？”

“妈妈没见到过。不过，我想，就是一个人儿呆呆地看着鸟在天上飞的那种天吧。”

“就是没有鸟飞，我也喜欢看天的。”

“是吗？天上没有鸟飞，桃子就去想象天上有鸟飞。结果，桃子就好像真的看到天上有鸟飞了。对不对？”

“那不成了魔术了？”

“魔术？那不也挺好的嘛。人生多多少少就有些像魔术。桃子也施些魔法，让鸟飞起来嘛。”

“桃子可以变成鸟飞起来。”

“那可不成……你妈我也许就是没用好人生的魔法。”

义三完全醒了。旅馆的棉被睡起来真舒服。

“少女的魔术和医生的手术，唉……”义三自语道。

“到底哪种可以使人生幸福？”

义三还有其他的表妹，但对他来讲，桃子具有特殊的地位。在

---

① 日文中写作汉字“上空”。

东京的表妹只有桃子一个。而且，义三还得到了桃子父亲的资助。

义三第一次见到桃子时，桃子还是个戴着防空帽的小学生。那时，她们刚刚疏散到家乡。望着桃子那双露在防空帽外的明亮的眼睛，义三还以为她是个男孩呢。她身上穿的那条藏蓝色的和式劳动服，也使她很像个少年。桃子简直是个可爱的美少年。即使到今天，义三对于桃子的印象依然如此。

这两三年，桃子长大了。在她那纯真的亲情之中，萌生出了“爱”。桃子的初恋对象正是义三。对这点，义三也已察觉。

这种初恋的情感将来也许会愈发强烈地表露在外，也许会逐渐减弱销声匿迹，也许会燃烧，也许会熄灭。不论怎样，义三都不会随意地对待来自桃子这样一个少女的初恋。

义三也清楚他们周围的人的看法。在那些人看来，表兄妹自然的结合并不是什么不幸的事情。

但是，今天让他去陪伴桃子，这并没有给义三带来内心的躁动、心灵的震颤。他可以冷静地去思考怎么使桃子这个女孩高兴、愉快，但同时又未找出合适的办法。这对他来讲，似乎是个小小的负担。首先就是他没有钱，如果什么都让桃子付费，那会使他的自尊心受到伤害的。这也是他闷闷不乐的原因所在。

义三换上西装，打开隔扇。明亮的阳光照射到屋里。

舅母很舒服地靠在廊沿的椅子上，让桃子给她拔白头发。

“已经没有了吧？”

“当然有。有一百根、二百根……要是心不在焉，那根本就数不清。”

桃子故意用话气自己的母亲，同时仍在母亲黑黑的光润的头发中揪起一两根白发，将其拔掉。

"秋天的天空多漂亮呀。即便东京也是……"

舅母抬头望了望天空。

"看着点。我这么认真。您可不要心不在焉呀。"

桃子母女俩都穿的是短袖的毛织衬衫。

桃子看到义三，便道："又睡懒觉了。"

又微笑着接着说：

"我这儿在做点副业，不能跟别人说。我爸爸出去散步了。我们饿得前胸贴到后脊梁上了。我们一直在等你呢。你快点去洗洗脸。"

早饭开得很晚。刚吃了一半，舅舅来了客人。舅母今天有自己的安排，吃完饭后，也没和正在其他房间会客的舅舅以及客人打个招呼便离开了旅馆。不知什么时候，舅舅也和客人一齐走了。

就这样，明亮的房间里只剩下了两个年轻人。桃子在用她那细细的悦耳的声音唱着四分之四拍的轻快的歌曲。

"……中秋月夜，月宫来使。张弓持矢，壁垒森严，誓卫公主。不可思议，不可思议，英勇武士，身体乏弱。张皇之间，公主驾云远去。"

义三问：

"桃子，今天准备干什么？"

"这种事都是男人定的嘛。"

桃子停止唱歌，乌黑的眼眸显出愉悦。

"随便走走吧。"

"吊葫芦[①]？那葫芦会给我们带来什么呢？"

---

① 在日文中，此处的"随便"与"吊葫芦"的"吊"谐音。所以，桃子才这样打岔。

“那我们用魔术让小鸟飞起来。”

“噢，你听到了？！”

“是这个……”

义三从兜里取出一盒“和平鸽”香烟。桃子接过来，仔细看了看。

“蓝天上飞着金鸟。鸟衔着月桂枝……”

她把烟凑在高挺的鼻子边，闻了闻它的味道。

“桃子，你知道这句话吗？鸟飞方似鸟。”

“知道。人走……不对。就跟人生方似人的意思一样嘛。”

“什么？”

“吃了一惊？”

桃子站起来，把双手放在头上，整理了一下自己的短发。此刻，桃子胸部的隆起显得愈发明显。

看上去，桃子并没有化妆。但走到她的近旁，却能闻到微微的香气飘溢。

看上去，桃子又小又矮。但当她站到高大的义三身旁时，你会发现她已经有义三肩头那么高了。

离开旅馆，在去国电车站的路上，两个人就像一对恋人那样引人注目。这或许是因为秋高气爽的星期天的缘故。

义三在车站买了去上野的车票。到了上野，那里既有博物馆，也有美术馆的展览，义三觉得更容易消磨一些时间。

电车开动后，一个身穿白衣的伤残军人胸前挂着募捐箱，用他那金属制的前端弯曲的手扶着吊环在乘客群中走来。

伤残军人的伤痛——日本的伤痛似乎刺痛了车内每个人。但是，只有桃子一个人慌忙从红手包里掏出一百日元纸币，放入了那募捐箱内。真是好心眼的孩子，义三想。

走出上野站公园方向的出口，义三看到路旁站着许多卖气球的人。领着孩子游玩的人群缓缓地拥到这条路上。

“天上有一轮白月亮。”

经桃子这么一说，义三也望了望天空。

“在哪儿？”

“……誓卫公主，不可思议……”

桃子高兴得像唱歌似的说道。

“拿我开心呢。还有鸟在飞呢。”

义三望了望桃子，说：

“去看画吧。”

“去动物园。”

桃子大声道，笑了笑又说：

“你是不是要说我是小孩，想说吧。其实，你要是说去动物园，我就会说去看展览的。”

“那咱们就去看画儿吧。”

“你说去看画儿啦。那就去动物园……”

“故意捣乱。”

“好，动物园好。我已经十年没去了。它能让我想起小时候。”

“小时候？”

“就是战争之前的小时候。”

“噢。那一场战争就让你成了大人啦？”

“就是没有战争，我也不是小孩了。”

两个人互相望了望，不由得笑了起来。桃子笑着躲开义三的视线，一本正经地说：

“你能不能带我再去一次N町？”

“你对那条街产生兴趣了。”

“太少见了嘛。那么窄，那么乱，人又那么多。要是住到那儿，反倒觉得孤零零的了。”

“在东京……也不光是东京，在二战后的城市里，像这种地方有的是。”

义三停住脚步，转过身，用手指着那些低矮的屋顶说：

“那边，叫贻屋横町，比N町更特殊，更不可思议。”

“可那儿和我毫无关系……”

桃子说，并突然用央求的目光望着义三。

“到了N町，回来时，让我到你住的地方看看……”

“我的房间有什么好看的呢……”

桃子又恢复了那欢快的样子，缩缩头说：

“肯定特别乱吧？”

“就是说想看完动物园后顺便再看看我那儿？”

“我是要好好地给你打扫一下人窝。”

“要是心不在焉地打扫，那可不成。”

“说什么呢。我怎么会跟打扫妈妈的房间那样打扫你的房间呢？”

义三不知说什么好了，便道：

“行啊。我什么东西也没有，怎么会乱呢。我那个房间只有榻榻米、房门，还有窗户，毫无情趣。”

“那也行。我就想看看。”

这话语中充满着爱，显得纯真，毫无羞涩。

来到动物园，看到鹈鹕那好似提着粉红包的嘴、尚未开屏的孔雀、被锁在铁栏之中的印度象、一动不动像工艺品般的爬虫，还有狂叫不止似乎在为说不出人类语言而焦急的海驴、猴岛上的猴、恩爱的长颈鹿夫妇……义三也觉得很是有趣。他的内心平静了下来，全部的心思都集中在桃子的身上。

“听说，我特别小的时候住的地方，晚上能够听到动物园野兽的叫声。也不知在哪边……也许被烧毁了。后来又有人在那建了房子，住了下来……”

桃子讲着，头几乎都要靠在义三的肩上。

晚上的街镇

当义三和桃子在 N 车站下车时，所有的物体和远近的景物都变得一下子模糊起来。电灯的灯光也似乎成了拂晓时分的色彩。

车站上到处都是人，似乎是在和上站交接处发生了事故。他们下的那辆电车也停在站上，没有开走。

从传入耳中的话语，义三知道了好像是有一个女的跳车自杀了。

义三拥着桃子，说：

“走，快走。”

出了车站，义三带着桃子来到了一家熟悉的中国餐馆。餐馆里客人不是很多，但是气氛却不同寻常。女老板正在和一个客人说话。

“看来那些想自杀的人是不管什么时间的。你看，这傍晚，人这么多，干吗要选这时候跳车自杀啊。”

“那是因为，刚才的那位是临时发作。死神到傍晚才来呢。”

“那两人来这儿时还是好好的。可是，说着说着，就别扭起来了。那女的站起来就走，把碗都给弄翻了。那男的算完账，跟着就追。可就在这当儿，下线的车发了。真是一瞬之间啊。”

“像是闹离婚呢。那女的一下就急了。也许她一开始是想吓唬吓唬对方，没想到闹成真事了。”

“那女的，我很熟的。她是榻榻米店的女儿。二战以后，为家里可是挣了不少钱。那男的，看起来有些流里流气的。他是在舞厅跟这闺女认识的。最近，这男的变得可正经了，也找到工作了。两个人都蛮好的。也不知他们都说了些什么，为了什么。总而言之，一个大活人就死在自己的眼跟前了。即便是个男的，也会一直烦心的。”

老板娘脸的下部有颗大的黑痣。

“是有人死了吧。”

桃子显得有些害怕的样子。

“那个人刚才还在这儿的吧。”

桃子坐的位置该不会是那个自杀的女人的位置吧。想到这儿，义三感到有些毛骨悚然。他看了看周围，说：

“自杀是现代病的一种。想要自杀的人大概是越来越多了。现今的时代大概已经变得如此可悲了。学桃子的话说，这叫人死方似人。”

可是，桃子笑不出来。上了饭，她也不拿起筷子吃。

“到你的屋里去，我来烧饭吃。”她小声道。

“我那儿什么也没有。没有米，也没有锅。”

“买面包，抹黄油吃就成。”

女老板在跟她聊天的那个客人出门走时，故意大声地说：

“你要去‘绿色大吉’的话，今天是二十七号的‘快乐町’出子多。我白天弹出来不少。”

听那语调似乎是在特意振作精神、改变气氛似的。

工人、知识分子、这儿的女老板、酒馆的老板娘、出门买东西的老太太，有时还有盲人按摩师都喜欢玩这种弹子游戏。可义三还从未玩过这种具有不可思议的魅力、花不了几个钱的赌博游戏。

“桃子，知道弹子机吗？”

“M市也有的。到了东京，才知道有这么多，真让人吃惊。就连银座都有不少呢。”

“咱们去玩玩儿？”

“行。你玩得很棒吗？”

“不行。我还没玩过呢。不过，我想我要是玩的话，一定差不了。刚才碰到那么个事，玩玩这个，肯定对换换心情有好处。”

桃子点点头，拿起筷子，稍稍吃了些炒饭。

“绿色大吉”在“传助”“礼物”这三家相邻的弹子店里，门面明显的宽大，室内也格外的纵深。弹子机表面装饰的霓虹灯也颇为讲究。当弹子涌出时，就会有无数个小光球闪烁起来。店内有一百多台弹子机，每台机器都标有号码和国铁电车的站名。店内中央部位是一个小庭院。装置在那里的喷泉不断喷水供人们洗手。

——本店所用弹子均为金色。他店弹子恕不替换。

看完售弹子台上的金字标志，义三把一百日元的纸币递进小窗口内。弹子二十日元十个，义三想买四十个。但是，他不知道应该怎样向玻璃台内的售弹子的女孩讲。正在犹豫时，女孩向他问道：

“您要五十个吗？”

可是，高亢的音乐声和四处被击出弹子的哗哗声，使义三无法听到女孩的问话声音。

义三竖起四个手指贴在玻璃窗上。当他抬头向里一望时，心里不由一惊。

“原来你在这儿。”

女孩那双明亮灼人的眼睛首先注意到了义三。她脸上浮现出微笑。

"上一次太谢谢您了。"

女孩嗓音清脆地说，并将四十个金色弹子放在义三的手里。义三正要说些什么，后边的客人便将他挤到了一边。

义三把弹子分给桃子一半，便来到空着的弹子机前。

万世桥、御茶水这两台都是一共十五子。机器的弹簧格外的硬。义三转眼之间就把填入的弹子输掉了。桃子十次只有两次给吃掉弹珠。

"嗬，看来还是我的技术高。这个还给你。"

说着，桃子便把金色的弹子放到义三的弹子盘里。

义三想，桃子大概要说自己是心不在焉了。义三又加了一两次弹子，可又是一下被吃了进去。

桃子换回两盒"和平"还有巧克力，显得十分自得。她又把剩下的几个弹子填了进去，随意地拨弄起来。

离开"绿色大吉"的时候，义三回过头看了看房子的侧脸，低声问桃子：

"欸，昨天你在医院占用的那块地，不是看到一个人吗，是她吧？"

"真的，就是她，是她。"

桃子说着，不知为什么，紧紧地抓住了义三的手。

桃子在街上买了束玫瑰花。夜晚的街上也没有一处安静的地方，到处都是开店仪式、纪念会、谢恩会，还有大张旗鼓的大甩卖。

"看这架势，我爸爸的医院要是不搞个热闹的开院大典，大概就不合适了。"

义三默默地走了一会儿，说：

“我有一个事想求你帮忙……”

“什么事？”

“其实，我也不是直接认识的。就是刚才那个玻璃台子里的女孩。我曾救过她的弟弟。他们姐儿俩挺可怜的。桃子能不能跟舅舅说说，让他们有办法住下来。”

“嗯，行啊。我跟爸爸说说。她叫什么名字？”

“她姓吉本……名字我也不清楚。”

义三说道。他脑海里清楚地浮现出那天病历上的记载。这使义三自己都感到吃惊。

大衣领子

三个月过去了。

栗田义三去医院的时候或从医院回来的时候，都要从舅舅医院的建筑工地旁经过。在宽敞的用地上已建起了コ字形的外层建筑。不过，距离完工大概还需要些日子。

整个建筑并不十分大，病房好像也只有两层。不过，这座坐北朝南、明亮的现代建筑，无论是从每一个阶梯，还是从每一扇门来看，都可以使人们预见到它一定会是一座有相当规模的医院。

可以肯定，舅舅在这座设有内科、妇科、外科的综合医院的建设上倾注了自己多年的积蓄，并且还从银行或朋友那里贷了款。

义三的医院最近也经常议论这座正在建筑的私立医院。有的人十分羡慕义三，认为他不久就要去那儿工作了。

甚至有人传言说那座医院的院长女儿曾到过义三的公寓。这真使义三惊讶不已。

还有人见面打招呼都有些拜托找工作的味道，说什么“到时还请您关照……”。

可是，义三的心情却是十分烦闷。

他尊重自己的舅舅、舅母，对桃子也有着兄妹的亲情。正因为如此，他才不愿意走这种一帆风顺的坦途，才反感扎根到别人安排好的地点上。他不满足这一切。

美貌内会隐存叛逆，强有力的男低音会包含着野性。义三有着争取解放、冒险的青春活力。

他喜欢桃子。但是，一旦离开她，这感情就会淡薄。桃子每星期都要给他来一封信。

……上回你让我办的、那件弹子店的女孩的事，爸爸已经答应我了。他已经和安排医院事务的先生说了。不过，那位女孩她表示还是愿意领取搬迁费，搬到别的地方去住。

不光是这位女孩，还有一家人也表示要搬迁费。不过，要求的数额过高，事情尚未最终解决。按爸爸的意见，搬迁费三万日元左右，如果那位女孩在住房、工作上有什么为难的话，可以请她住在医院里，并给她安排合适的工作。你是不是去见见那位女孩，同她讲讲这些情况。另外，还请顺便跟她说，就是到了爸爸的医院工作，也不要恨我……

天冷了，望多多保重，不要感冒。我感冒了，好久未愈。晚上睡了觉以后，倒不觉什么，可是白天却很难受。过年时，一定回来。一想到你要在那种（对不起……）公寓里过年，我就觉得十分难受。这是我在乡下的最后一个新年，我有很多很多的计划呢。

爸爸说义三是个勤奋好学的人。

“勤奋好学？……”

义三自语道。这是什么意思呢？

总而言之，得把桃子的这番好意转告给那个女孩。

最近，那片旧房址的草全被割光了，只剩下一眼便见的白铁皮小房子了。义三有些犹豫，这么突然地去拜访那对姐弟，自己说些什么好呢？

每一个人都有每个人的生存方式，每一个人都有每个人的想法。义三觉得自己这样做有些多此一举，故作多情。

每当想起那个女孩的明亮的眼睛，义三就像受到盯视似的，感到十分胆怯。

接到桃子的来信后的第二天早晨，义三将大衣领竖起来，遮住冰冷的耳垂，向医院走去。他连向女孩住的地方望上一眼都没有，故意视而不见地从那里走过。

自实行实习医生制度以来，义三他们是第二期学生。对于这种自己带饭吃、没有任何报酬、类似于实习的制度，义三从未觉得有什么不妥。

这所医院的医学院的学生们都十分正派。不过也有个别例外，牙科有个叫原的学生，靠着低级的投机买卖、赌博，打扮得十分花哨，又总想以花言巧语、插科打诨，来引起人们对他的关注。但是，医院里的人们似乎对年轻英俊的义三更加青睐。

义三穿上白大褂，走进检验室，去做头一天未完成的标本、检验。

一个少女模样的见习护士正在检验室里做着什么事情，见到义三，便说了声“您早”。随后就走到义三身边，洗起烧瓶和试管来，久久不肯离去，俨然一副义三的助手的模样。

检验室位于医院的洗衣房的灭菌室后边，明亮而且暖和。屋角上有个计算台，上面放着一台小打字机。义三觉得这里很舒服，便在那计算台上吃完了午饭。

下午，食堂有个座谈会。这个座谈会也可以叫做研究会，是专门为当实习医生的学生们所举办的。这天是请人来讲X光照相的识别。

座谈会结束后，人们各奔东西。每当在准备下班的黄昏时刻，义三总会产生一种孤寂之感。黄昏的气氛在感染着这位年轻的独身者。

“发什么呆呢？”

义三的肩头上传来了民子的悦耳的声音。

“今日还没有见到你呢。你躲到哪儿去了？”

“我在检验室来着。在那儿做了一下血沉，又做了个凡登白实验，看看有没有黄疸。后来又在洗衣房玩了一会儿。”

“你大概不是和洗衣机玩吧。你可真行。和谁都能玩到一块儿……好像这整个医院都是你的朋友似的。”

“你这是什么意思？”

“什么意思也没有。你这个人，千人喜欢万人爱嘛。”民子有些不耐烦地说。“天真冷啊。去稍微喝些酒吧。”

民子一边穿上她那件暖和的白色外套，一边向义三邀请道。

“可以啊。不过，我可是一贫如洗。”

“那没问题。我请客。”

“女的邀自己喝酒，又总被请客。我真够惨的。”

这确实是义三的真心话。

“可别那么想啊。”

民子宽慰义三说。

酒店的女人们

民子从学生时代起，就是又抽烟又喝酒。

但是，她喝酒从不过度，从未喝醉过。一旦喝到眼睛发光、口若悬河、滔滔不绝时，她就不再动杯了，不管别人怎么劝。

在男人眼里的好酒，对女人来讲也可能不会太差。

民子无论是从打扮上，还是从气质上看，都显得十分洒脱、利索。在她身上，还有一种善解人意的豪爽。对于义三来讲，民子十分容易交往。

民子是有钱人家的小女儿。她的兄长生活也颇为富裕。她既是话剧的热心观众，也是颇通歌舞伎的欣赏家。她从未像义三那样不知怎样去安排工作以外的时间。

“栗田，走，去新宿玩。”

民子笑着说。义三也笑了笑。

“那我就陪您一程。”

街上到处都是圣诞大减价和岁末大甩卖，到处都是刺眼的装饰和震耳欲聋的噪音。新年的门前松也成了行人走路的障碍。

“我们这些穷人既不欠人家的钱，也没人给咱钱。年末和我们没有什么关系……”

义三在人群里艰难地走着，说：

“以前，这新年的门前松就这么早摆出来的吗？”

“那可不是。一般都得等到年根、岁末大甩卖之后才摆呢。这就和最近的妇女杂志的新年号一样嘛。”

“浮躁、忙乱，真让人心烦啊。”

胡同里有家小饭店。民子和店里的人很随便地聊了几句。看来，她是经常出入这里的。

年轻的女人端来了白色的酒壶和酒杯。民子向义三介绍道：

“这位是酒店的女老板，是我哥哥的朋友。”

这女人描着细眉，唇部涂成了花形，身穿一件十分合体的黑毛衣。面对着这样一位漂亮的女子，义三显得有些紧张，简单地打了一下招呼。

“栗田，二月份以后，你准备干什么呢？”

为了准备五月份的国家考试，从二月份起，实习工作就结束了。

“究竟干什么，我还没最后定呢。”

“要是人家不嫌烦，我准备还在这所医院干下去。我情愿成天去值班。这样，既能学习不少东西，还能随时向先生们请教。而且还有许多参考书可看，还能实际地参加病人的治疗。”

“确实如此。”

“一个人在家里，哪学习得下去啊。”

“我住的地方离医院很近，咱们一块儿学吧。”

义三也颇有同感。

“我要是通不过国家考试，再要做一年实习医生，那就真是惨了。”

民子转动了一下眼珠：

“你不会通不过的。就算通不过，也不必灰心嘛。你舅舅不是在盖着那么漂亮的医院呢。那么漂亮的医院，我也想去那儿工作呢。”

“连你也这么认为？”

义三颇感意外地问道，

“我一直在想，我应该用自己的力量创造出我自己的生活。”

民子摆了摆指甲涂成珊瑚色的好看的手：

“你的想法也太理想化了。要不然，就是不好意思。你究竟希望得到什么样的生活？”

“我这绝不是理想化。这么说吧，我就是不想干这种私人开业的医生。我愿意在大医院工作，愿意有许多知心朋友，愿意开阔自己的视野，愿意到远方去旅行……其实，我当医生还是听了行医的舅舅的意见后才当的。也许这工作本来就不适合自己。”

听义三说话的口气，他似乎正在反省自己的内心。

“我真羡慕你，你参加完国家考试后还可以回到大学的研究室。”

“是吗？其实，我并不想当大学的教授，也不认为自己能当上。我打算让他们给我建所小医院，自己开业治病。你说你想到远方去旅行，可我倒想在学术的气氛之中漫游。在漫游之中，要是碰到个关心我这种人的人，我就和他结婚。真的。”

民子垂着眼睛，慢慢地将酒杯送到嘴边上。

“先不说这个。我，要是你随随便便地结了婚，会很失望的。”

“为什么？”

“要是你所喜欢的一个女孩子，嫁给了一个很一般的男人，你难道不失望？！这是一回事嘛。我喜欢你，我一直认为咱们是好朋友。”

义三望了望民子，心想：她这大概是醉话。

民子满不在乎地拿起第三个酒壶，放在耳边晃了晃，又要了两份海苔茶泡饭。

“咱们是好朋友……是好朋友。”

民子做出一副大姐的模样，为义三斟上最后的一杯酒。

义三还想再多喝一些。民子知道义三酒量也很大。但是，民子却毫无意思再喝下去。

走出酒店，外面风很凉。

“刚才店里的女老板，漂亮吧？”

民子望了望星空，突然问道。

“以前，她更漂亮。”

“漂亮倒是漂亮。可是，我不喜欢这种类型的。”

“要是给你做个装饰性的情人，不挺好吗？”

“哈？原来如此。”

“她呢，是我哥一个已去世的朋友的妻子。也就是说，是个未亡人。我哥很早以前就喜欢她。她结婚以后，我哥才娶的我嫂子。她丈夫死了以后，我哥心又活动了。她生活上有了问题，我哥给她出主意。她开了这店以后发生了很大的变化，我哥又为她痛心。看到她，我根本就感觉不到女人的悲哀。我只是为我嫂子感到难过。为人妻就好像被判了无期徒刑。”

“可是，你不是也说要结婚吗？”

“人们都说心心相印。可这心是要想很多事儿的。太麻烦了。我觉得还是用身体生活为好。”

在新宿车站长长的地下通道里，民子低声自语着。人流拥了过来，民子借势靠到义三身旁。

“你知道我为什么带你去那儿？她总说我像个男孩子。所以，我就想让她看看我这女人的样子。”

说完，民子轻轻一笑。

“我到了。”

民子停下脚步，向义三道了声“再见”，便走上台阶，径直向八王子、立川方向的站台走去。人流之中，只剩下了孤零零的义三。

小牙齿

昨天，民子在医院为一天没见到义三感到担心。今天，义三也同样为民子没来医院觉得心急。

办事认真的民子从来没有误时迟到过。所以，义三觉得民子可能是昨天晚上感冒了。

这天，义三担任小儿科主任的助手。这个工作，民子最愿意干。所以，义三替她干了。

将近中午时分，房子抱着裹在棉大衣里的孩子跑进检查室。

“啊！”

义三惊叫了一声。

房子把孩子放在床上后，护士给他做了一些必要的检查。

孩子体温四十摄氏度，意识不清。从表面上看去，病情很重。经过胸部听诊，医生认为孩子是得了肺炎。

房子目不转睛地望着病儿。

义三默不作声，什么话也没有说。

科主任看了一下病历，又用听诊器听了听。

“这不是耽误病情了吗？现在就是用盘尼西林，有时也不起作用的。他什么时候开始这样的？”

主任冷言冷语地问房子，像是在埋怨房子。这话语在义三听来显得那样无情冰冷。

“从昨天开始发烧，还咳嗽。”

房子声音颤抖地、断断续续地说着。

“昨天？头几天就感冒了吧……”

打了一针盘尼西林，主任又吩咐每四小时服一次磺胺嘧啶。

房子小心翼翼地抱起孩子，用惊恐的、可怜的、求救似的而且是灼人的目光望了一眼义三，然后走出检查室。

“没有危险吗？”

义三不由得向主任问了一句。

“以前要是这样就不行了。不过，现在并用盘尼西林和嘧啶，病情慢慢地是可以控制的。”

主任一边为下一个患者看病，一边说。

“那是你的熟人？”

“那孩子是栗田先生夏天从河里救上来的。”

一个护士还记着这个孩子。

“原来如此。那么点的孩子，真不该又让他接近死神一次……不过，还是和栗田君蛮有缘分的嘛。”

在小病号的嚎叫与哭声中，主任望了望义三的脸，笑了起来。

可是，义三却笑不出来。

义三十分清楚那个孩子的病情是不容乐观的。

当天晚上，义三离开医院时，请药房的人给他拿了些盘尼西林和强心剂。

义三想，要是民子在就好了。

义三决定在回家的路上去看看房子的弟弟。可是，他仍然有些犹豫。他真希望民子能帮助他克服这种心理。

民子要是在，她一定会给自己恰当的忠告的。

义三走出医院后又返身来到医院的药房，向护士问道：

“得了肺炎，用芥末粉敷治，有没有效果？”

“嗯，我们这儿的大夫说有效果。”

“怎么敷呢？你教教我。”

“取一匙芥末粉，加两倍的面粉，用热水把它们搅拌在一起。然后再摊在和纸上，把和纸贴在患病的部位。如果皮肤有些发红了，就可以揭下来。大概一分钟左右就会有反应的。”

“谢谢。”

外面很凉。天空像昨天一样清冷，还起了风。

脚下的那条河流的黑沉沉的水面上映着许多灯光的色彩，摇曳晃动着。

工厂排出的浅黄色的液体从下水道的排水孔中冒着热气流入到河水中。

一个很大的纸袋被扫地风吹了起来，一下子贴在了义三的裤子上，接着又嚓的一声落在了地面上。

舅舅那所医院的工地周围漆黑一片。

义三摸着黑走上了台阶。他的心跳得愈来愈快。

从放置木材、石料的工地走过，义三来到了那间泄漏出灯光的小屋旁。

“晚上好……”

“谁啊？”

房子在里面问道。但是，听不出她起身开门的声音。

义三用手推动了门。

房子将门打开一道小缝。

“啊，是您？！大夫。”

房子怀里抱着孩子。

义三为了不使夜风吹进室内，一闪身走进了屋里。

“大夫，您看这孩子怎么办好啊？”

小屋里比想象的要暖和。在屋里可以清晰地听到孩子痛苦的喘息声。

“到医院看后，一直不见好吗？”

“嗯。他好像还越来越难受了。我想，这么抱着他，他或许还会舒服些。”

“看来，还是得让他躺着。”

“大夫，您上来给他看看吧。”

房子跪坐着，望着义三。

“嗯，我就是为这个来的。我还不是医生，是个学生。我叫栗田。”

义三脱下鞋，坐在陈旧的榻榻米上。

孩子似乎已经睡熟了。和式脚炉上蒙着脏乎乎的棉被。

房子轻轻地放下孩子，目不转睛地看着义三，等待着义三的诊治。

孩子的病情比白天恶化了。

他的鼻子下面及嘴部周围微微发白，产生了青紫症状。这是由于呼吸困难，鼻翼扇动时造成面颊鼓胀所致。义三为他数了一下脉搏，脉搏有一百以上。

自从学医以来，义三第一次为一个命运掌握在自己手中的生命感到极度的紧张。

义三从衣袋里取出一个小注射器，递给房子。

“用锅把水煮开，给它消一下毒。要是有匙子，也一块消毒一下。”

炉火烧得很旺。不一会儿，锅里就响起了器物碰撞的声音。

“药粉按时吃了吗？”

“他不太会吃。”房子发愁地说。

义三用手指消毒器的酒精棉擦了擦手指头，拿起注射器，为孩子注射了一支强心剂。然后，又给孩子打了一针盘尼西林。

义三用匙子拨开幼儿的唇部。孩子的舌苔又白又厚。怪不得，这哪吃得下去东西呢。

嘴里好像有什么。一个白色的东西和他呼吸一起在嘴里打圈。

义三用匙尖取出了一个异物。

原来是一颗小牙。

“牙掉了。”

“牙？他太难受了，真可怜。我光听到他在咬牙。可没想到他的牙会掉了……”

“大概是换牙吧。”

义三安慰着房子，并把小牙递给了房子。

房子眼里含着泪，把牙放在掌心里，摆弄了几下。

两个人陷入了沉默。整个房间里都是孩子的痛苦的喘息声。

“那个——能不能请您再观察一下这个孩子的情况。我们领着福利救济金，很难请医生到家里来。就是以后办了手续，也只能在医院治疗。”

“行，我就是为这个来的，我会观察的。要是病情恶化，我去请值班的医生来。”

两个人低声交谈起来。

“这个孩子，平常呼吸器官就弱吗？”

“是的。医生曾经说他是小儿性哮喘。一得感冒，他马上就喘得厉害。”

“你有日本芥末粉吗？”

“芥末粉？没有。”

病儿的情况相当不好。所以，也无法让房子出门去找。

义三嗓子渴了。

“给我一杯开水……”

火炉上的锅冒着蒸气。

病人在死亡线上痛苦地挣扎着。

脉搏开始不齐了，呼吸也变得急促了。当义三注射完第三针强心剂，拔出针时，病儿的那失去弹力的皮肤似乎紧紧地拽住针头不放。

以后，死就像空中被击落的小鸟一般急速地降临下来。

病儿头动了两下，就像用力点了点头似的。他嘴边的苍白颜色顷刻之间扩展到了整个面部。不久，呼吸就缓缓地消失了。当孩子的脉搏停止时，义三看了一下手表。

差五分到八点。

踏霜而行

如果不请医院的值班大夫来，那就无法认定死亡，也无法出具死亡诊断书。想到这儿，义三对房子说了句：

“我马上就回来。”便走出了门外。

屋里只剩下了房子。

义三感到很冷，浑身都在颤抖。

医院值班室的年轻医生很爽快地答应了义三的要求，和义三离开了医院。

“医疗救济，一天也就支付二十五日元。有时候开业的医生不愿意给看。所以呢，就很容易被耽误了。即便是用新药，要是错过了时机，那也没用的。”年轻的医生说。

走进小屋里，医生什么也没问房子，只是看了看死去的孩子的眼部的反应，用听诊器听了听心脏。然后便慢慢地低下头，离去了。

“谢谢您了。”

房子向义三表示感谢之后，又问：

“这孩子变凉了。怎么办才好呢？”

房子死死地盯着在短暂的时间内变成了白蜡娃娃似的死儿。

义三向房子要来脱脂棉，为孩子的面部进行了消毒，并且把棉球轻轻地塞进了孩子的鼻孔和嘴里。房子把锅里冒着蒸汽的水倒进脸盆里，用毛巾为孩子擦了擦身体。在那淡青色蜡一般的两腿之间，有着郁金香花蕾般的男性器官。

房子抽泣着，从包裹里取出干净的内衣、内裤，给孩子换在身上。

“妈妈死去的时候，是直接让她躺在榻榻米上的。他这么点儿，又这么冷。难道一定得这样办吗？”

“可以让他这样躺在被子上吧。”

房子把孩子抱起，让他头朝北躺下，然后又把脚炉往义三身边挪了挪。

“你要是不嫌弃的话，就请暖暖身子。”

“谢谢。”

可以看得出房子在指望着自己的帮助。义三意识到这点后，便不忍让房子一个人为孩子守夜。那样的话，也太残酷了。

义三很喜欢吸烟。可是这几个小时，他忘记了这个嗜好。这时，他点燃一支烟，又看了看手表。夜已深了。

“妈妈来接你来啦。”

房子把睡衣的下摆盖住死去的孩子的腿。那动作就像在为活着孩子做的一样。

“太难受了，我可怎么办才好呢。”房子喊着，突然冲出门外。

听着房子小跑的脚步声远去，义三恍恍惚惚地回忆着刚才发生的一切。自己的处置有没有错误，自己是不是应该更早一点去叫值班医生。以前，自己也曾碰到过小孩子因急性肺炎死亡的事情。可当时自己并不是要担责任的医生。今天晚上一切的责任都在自己。

这可以不去管它，可房子呢，她今后怎么办呢？义三的内心失去了平静，他觉得自己与房子之间越来越近了，不由得为她的将来担起心来。

房子踏霜返归的脚步声从远处传来，许久许久才接近小屋。

外面的寒气使房子的脸冻得红红的，眼睛明亮润湿。

房子在死去的孩子枕旁点燃香烛，为孩子祈祷着。

“让您久等了……”

随着年轻人的充满活力的声音，两人份的荞麦面条便摆在了一进门的高台处。

年轻人的这一声使屋里的空气缓和了许多。

“您趁热吃了吧。”房子让道。

房子尽管十分悲伤，但是仍然把方方面面的事想得十分周到。这使义三不由生出爱怜之情。

房子来到义三的身边坐下，拿起卫生筷子说：

“为什么给您添了这么多麻烦呢？”

“其实，我什么作用也没起吧。”

“你能为我们做了这些，已经相当不容易了。夏天你救了这孩子的命，今天又为他送了行。这孩子太幸福了。”

义三也觉得稍微放松了一些。于是，他便告诉房子正在建的医院是自己舅舅的。

“你要是愿意的话，就在我舅舅那儿上班吧。”

“我什么都不会干。而且，我和邻居们一直是互相帮助生活过来的。如果我一个人去那么个好地方……有些不大合适。”

说到这儿，房子突然有些发慌了。

“糟了，我还没把孩子的死讯告诉邻居呢。”

“你的邻居都是什么人？”

“她们是三姊妹。哥哥得了肺病，现在住在疗养所。大家都为今后的去处着急呢。”

听到这个，义三不知该说什么好，便问：

“你们想要多少搬迁费？”

“我们也没法说。这块被烧毁的房子旧址是别人的，我们没经允许就自己盖了小屋，住在这儿的。不过，邻居他们坚持多要些。我要是被医院收留了，她们会恨我的。”

屋里愈发冷了起来。义三觉得膝部、背部冻得有些钻心的痛。

“你稍微休息一下吧。我替你守着……”

“嗯。刚才您突然来的时候，孩子情况那么不好，可不知为什么我却困得要命。不过，现在我不困了。”

“就是不困，你也一定很累的。稍微睡一会儿。我在医院常值夜班，不睡觉已经习惯了。”

“我妈妈去世时，不知为什么，我也是特别的困。”

房子垂下头，说：

“真可怕。一想到那么多的事情，我就觉得非常害怕。”说完，她就默不作声了。

义三无事可做，便不断地吸着烟。

不久，房子一动不动地睡着了。

义三想给她身上披上点东西。可是，屋里除了死去的孩子身上那床被子以外，再也找不到其他可以披盖的东西了。

义三脱下大衣，盖在房子的身上，掩遮住她那白皙纤细的颈部。然后，义三又把脚炉移到自己身边。可是，这仍然无法使他抵御室内的寒冷。

外面不知什么地方传来了狗的颤抖的叫声。

房子移动了一下身体，睡脸转向义三这个方向。

看到房子那疲倦不堪的睡相，义三感到有些紧张，便将左手背放到房子的唇边。左手背刚一接触到房子的呼吸，义三便像触到火一样，缩回手来。

假如这时房子醒了，义三将会对她大胆地说：

“我爱你。”

不过，义三的这种想法正是因为房子在熟睡之中才会产生的。

第二天早晨

当义三离开房子的小屋时，明亮的朝阳已照射到大地之上了。

昨晚，不知不觉之间，义三也迷迷糊糊地睡着了。他平日早晨睡得就十分死，结果一睡就到了这个时分。

邻居的年轻女孩们进来出去的，似乎有什么事情。房子在为义三往脸盆里倒着开水。刚刚醒来的义三觉得有些不太好意思。

原想等房子醒后对她说："我爱你"，结果自己却睡着了，这真是有些白劳神。

可是，对人家一个刚刚失去弟弟的孤零零的女孩，自己这个做医生的又怎么能说得出"我爱你"这类话呢。还是睡着了好。

义三洗脸时竭力不使水溅到外面。当他的手碰到左太阳穴时，就感到一种跌碰后的疼痛。

义三的鞋踩在坚硬的鱼齿形的霜柱上，发出咯吱咯吱的响声。

"您直接去医院吗？"

"对。"

房子送义三到门外时所问的话语里有一种依恋不舍的寂寞之情。可是，义三却不知应该怎样安慰房子。

"待会儿，来医院取一下死亡诊断书。"

义三温和地说道，但那话语让人听起来却显得那么冰冷，一副公事公办的腔调。

“行。”

“有什么事儿，你就说。只要我能办到的，我一定办。我傍晚回大和寮。那地方你知道吗？就是河边的那个新公寓。”

“行。真是给你……”

房子想向他表示一下感谢，但是却没有说出来。

火炉上热的饭好不容易才冒出蒸汽。房子真想请义三吃完再走。

可是，义三不好意思再待下去，起身便走出了门。房子坐也不是站也不是，显得心里无着无落的。

义三要是能再多待一会儿，房子心里就有依靠了。

虽说弟弟的父亲不知是谁，可是这个弟弟是房子自己养育大的。弟弟死了。它使房子感到空荡荡的孤独。这孤独不是来自寂寞，而是出自于恐惧。房子现在真想有人帮助她摆脱这种孤独。

义三走了以后，房子肯定会无时无刻不想着他的。房子的内心里只有义三这根支柱。

走到下台阶的地方，义三回过头来说：

“那我走了……”

“连饭也没……”

房子刚说了几个字，又说不下去了。

连早饭都没让义三吃。这虽然是件小事，但房子却因此而担心，担心义三离开自己远去。

突然之间，两个人的眼睛对视在一起。这使他们感到了耀眼的、令人惊慌的、永久的时间的存在。

啊，又是这样的目光！义三觉得在这锐利灼人的目光里，今天早晨有着一种沁人心脾的温馨。

义三垂下眼睛。在他的脚下，菊花开放着深红色花朵，但是它的叶子却已全部掉落。

“这就是残菊吧。”

过去，每到农历十月初五，都要举行观赏残菊之宴。义三至今仍记得这事。现在已是十二月了。农历十月初五该是几号呢？房子是不会懂得“残菊”这个词的。

义三沿着河边走去。走了一会儿，他感到有些偏头痛，而且肩膀也胀痛起来。看样子，今天在医院的工作绝不会轻松了。

河的对岸，是一排排低矮的房屋。房前，可以看到拿着盆在公用水管的水池旁洗涮的人们，也可以看到用手指在漱口的女人的身影。那里没有一个男人。即使在这幅小景之中，也可以感受到岁末的气氛。

义三想，让房子一个人那样孤零零地守在空荡荡的屋子里，真是太残酷了。可是，以清晨时他的理性来判断，他又难以使房子的人生与自己的命运贴近。

他曾劝房子到舅舅的医院工作，但房子却以“我什么也不会”拒绝了。而桃子却在为医院建成就可以来东京而快乐地欢歌。房子美丽的眼睛、桃子悦耳的歌喉在义三的心底翻上搅下。

在舅舅的眼里，义三所在的医院只是个福利性的不花钱的医疗所。但实际上并非如此。只是由于它所处的位置，来这里看病的病人中，持健康保险或生活救济医疗证的人要更多一些。

出入这所医院的穷人格外多。所以，这所S医科大学附属医院的巨大建筑从整体上看，明显地有些脏污。

早晨的阳光照射到三楼上。三楼的小儿科病房的窗户上晾晒着许多衣物。

义三走进病房时，早晨的清扫刚刚结束，一切都显得清洁、静寂。

在小儿科挂号处值班的是一个少女。她也是一名见习护士。义三请她找来房子弟弟的病历。

义三打算请昨天晚上帮忙看过的医生出具死亡诊断书。

义三刚要走，女护士把他叫住，不留情面地对他说：

“这个人还没办医疗免费手续呢。你得让他早点办。要不然，这种人多了就不好统计了。有些人说是过几天给送来了，可病一好就不来了。”

“行了，我知道了。他已经死了。”

义三也十分不悦地回了一句。

流行性感冒

值班室里，两三个实习医生聚在一起正在闲聊。

“各位早。”

“栗田君，你脸色可不好啊。”

两三个实习医生几乎是同时说道。

“是吗？我觉得有点儿偏头疼。”

“这是流感。肯定是病人传染的。井上小姐说不定也是被传染上了。”

不知从什么时候，他们这些人已经形成了一种习惯，以称“君”和“小姐”来区分男女。

经大家这么说，义三也为民子担起心来。

义三穿上白大褂，独自一人来到食堂，喝了一杯热牛奶。

走出食堂，义三发现就在这短暂的时间里医院的每条走廊上都聚满了陌生的病人。

小儿科这天格外忙。病人基本上患的都是同一类型的感冒。其中也有两三个人得的是春秋流行的麻疹。过了正午时分，这些小病人仍络绎不绝，不断地来求诊。

义三仍然像昨天那样，为科主任做助手。诊断工作十分忙碌。

但却使义三感到了工作的快乐，使他产生了巨大热情。他忘却了头的疼痛。

护士通知他说房子来取死亡诊断书的时候，义三也没有时间放下手里的工作去门诊挂号处看看。

“那个小孩，不行了？太可怜了……看得太晚了。而且，他以前好像得过哮喘。”

浓眉长脸的主任一边在听诊，一边转过头看了看义三。说完这些，主任就再也没有讲话。

下午两点，义三才抽出空到食堂吃饭。这时，他感到全身十分疲劳，远远胜过早晨的劳累感。他的腿显得格外沉重，腰觉得异常酸懒，后背有一种钝痛感。他只是拿起报纸，肩上就觉得十分胀痛。

昨天晚上在房子家里只吃了一碗荞麦面条，今天早晨在医院也不过喝了一杯牛奶。可是，义三现在却没有一点儿食欲。

义三真想马上回到公寓，在自己的房间里躺上一躺。不过，他还是决定留在医院等到四点查房结束。

就是在自己的身体不舒服的时候，义三对那些幼小任性的患者仍然十分亲切、十分和善。

而且，从今天早晨，他内心变得温柔怜人，十分珍惜一切生命。

——井上民子今天又没来医院。

走到傍晚的街路上，义三身上感到阵阵发冷，不由得缩起身子来。

走过房子的小屋前时，义三双膝感到一阵发软。

“你这个没出息的家伙。和那个孩子的内心的痛苦比较起来，你这点儿身体上的痛苦又算得了什么呢。”

义三对自己说道。他决定还是回去好好睡一晚上，明天再去看房子。

望着房子小屋里泄漏出的笔尖大小的一缕灯光，义三加快了脚步，从小屋前面走过。

从昨天到现在一直没有进屋，屋里显得寒气逼人。义三打开电灯，取出被子，无心再干其他的事情，便脱下身上的衣服，在内衣上套上单和服，然后一下子就躺到铺盖上。

义三心里暗暗命令自己，什么也别想，赶快睡觉，赶快睡觉。就在他心里发急，难以入眠时，他身上感到阵阵发冷，上牙直打下牙。

他就像被裹在被子里想要伸展翅膀的鸟一样，不停地抖动着。

不久，他身上不再觉得发冷了。但是，高烧又夺去了他的意识，使他昏昏欲睡。当他从昏睡中醒来时，内心里又感到一阵阵紧张不安。

“栗田，下象棋吗？噢，已经睡了。”

听到隔壁大学生的招呼，心里不安的义三想把他叫住。可是，那个青年没等义三喊出声就离去了。

义三又昏睡了过去。他觉得房间的榻榻米、墙壁、屋顶都膨胀起来，向自己压挤过来。他挣扎着，试图从这种压抑感中挣脱。就在这时，他猛然醒来，感到有些喘不过气。不过，一会儿，他又睡熟了，忘却了一切。

第二天，风和日暖，晴空万里。

放了寒假的学生们不约而同地都离开了大和寮回乡省亲去了。

义三房间对面的女大学生向义三的房间里探了探头，高兴地说：

“栗田先生。哟，您休息呀？我走了。”

说罢，她便提着崭新的手提包，向楼下走去。

中午时分，宿舍管理员的妻子走进栗田的房间。

“嘀，你睡得够好的。还打着呼噜……”

说完，她皱了皱眉头，关上了一直亮着的灯，便走了出去。

如果她多少有些医学知识，如果她能稍微仔细听一听的话，就会发现义三并不是在打呼噜，那呼噜声，其实是肺部的炎症使他发出的痛苦的喘息声。

正等着你呢

医院里，井上民子正在十分麻利地为主任做着助手。她身穿白色大褂，黑灰色的毛衣稍稍显露在外面。

民子鼻子下面有些发红，大概是因为犯鼻炎的缘故吧。

“栗田君也好像感冒了。昨天，他脸色可不好看啦……”

主任对民子说。

“是吗？”

“昨天，他替你为我当了一天助手。”

“是吗？”

民子故意做出毫无表情的样子，随便应了一声。但是，她心里却暗自决定从医院下班后去看望一下义三。

主任用手指揉了一下眉头。大概是因为那儿有些发痒。然后说：

“现在靠的不是医生的医术，而是新药的作用。死亡人数减少了，病情也不恶化了。老人的肺炎也能治好。不过啊，日本就这么一块又狭小又贫瘠的土地，人口又不断增加，老人寿命又在延长。这样一来，政府的烦恼肯定少不了。幼儿和老人的高死亡率对于日本大有好处。这真是一对奇怪的矛盾。我经常琢磨，过去那种医学不发达、人顺其自然死亡的年代又该是什么样子呢？”

“您说的顺其自然的死亡是指什么呢？这在医学上是难以想象的。”

“嗯。不过，那种让人长生不老的医学是不存在的。也就是说，医学的终极目标是要消除人类的一切疾病。可在原始社会，或者追溯到别的时候也成，有过这样的时期吗？实际上，医生为这目标越奋斗，疾病不也就越多吗？！”

“就算病没了，可还有战争啊。”

“看来，这两个都消除不了。不是有人讲‘预防战争’吗？！这个词大概是从预防医学来的。可要从我们的角度，这种‘预防战争’纯粹是无稽之谈。”

“新药所拯救的人数和原子弹所杀害的人数，到底哪个更多呢？”

“推算原子弹将会杀害多少人，这算什么学问？叫天文学，还是哲学。你计算计算，用它做篇学位论文……”

主任微微苦笑了一下，说：

“不过，如果我们从哲学的角度解释人的疾病，那又会怎么样呢。也就是前天，栗田今年夏天救上来的那个孩子，就那么一下就死了。耽误了。盘尼西林也不起作用了。因为是栗田君去他家看的，所以他觉得自己有责任。要是在孩子的病情不重的时候，栗田君路过时，能去他家走走，那么这孩子就会得救的，费不了多大的劲儿。从这种意义上讲，或许栗田君有责任。但这责任又不应该由他负。这种责任是非神人难以知晓的责任。因为医生不是神仙，他不会仅仅从人家的附近经过，就会知道里面有病人。栗田君没能偶然地去那家看看，所以也就没能第二次救那孩子一命。不过，话又说回来，那个贫穷、无知的女孩没能及时来医院，耽误了医治时间，也未必就是她一个人的责任。”

“什么？那个孩子，死了？”

民子摘下口罩，一边洗手一边想：自己不过休息了两天，竟出了这种事。

“流感之后，就该是麻疹了。昨天和今天就有六七个了。按说在天越来越冷的时候出麻疹是很少见的。不过，要是怀疑是麻疹，就得赶快打盘尼西林。那样，效果还是很好的。金霉素治肺炎效果相当好。”

“金霉素？”

“药房进了。就是制造成本太高。太贵了。”

“多少钱？”

“零售价每片得要二百五十日元。四小时一次，每次两片，一天吃六次，对肺炎才有效果。我用它治过严重的咽喉炎症，疗效不错。”

“您能不能给我十片。”

“有人得肺炎了？”

“那倒不是。我想随身带着。您不是说，随时都可能碰到那种非神莫知的责任嘛。”

“那倒是。不过，你也很喜欢新药嘛。我记得你以前也买了些别的什么。”

主任来到民子的旁边，一边搓洗着手一边说。

小儿科的小病人们的床头柜上摆放着栽有圣诞树的小花盆，还有雪白的玩具熊、描绘得十分逼真的南瓜玩具车等。大家好像在互相竞争，显示节日的气氛似的。医生们这两天查房时都能明显地感受到这一点。

医院今天好像也要为这圣诞节前夜准备些美味佳肴。

“我小的时候，圣诞节只有那些天主教徒才过。可二战后越搞越热闹了。现在的孩子好像更喜欢过圣诞节，而不太在意新年了。这热闹劲儿恐怕基督教徒也比不了。”

主任说着笑了笑。

下午又来了急诊，一天就这样忙忙碌碌过去了。到了傍晚时分，主任的眼神中也显露出疲劳的神色。

“感冒要是还这么流行的话，那些自己开业的医生光出诊就够他们呛的。我回家以后，也得跑上三四家，为邻居看病。”

民子从尼龙化妆袋里取出乳液、小梳子，整了整短发，又在手上擦了些油。之后，她便离开了医院。

民子没有走那条行人稀少的没有商店的河边小路，径直向车站大街走去。

民子没有觉得义三在家休息是有多大的事。所以，她想去买些东西，为义三的拮据的圣诞节增加些欢快的色彩。

街上有些商店不仅岁末大甩卖，而且还增加了击打幸运球的节目。白球为一等，绿球二等，粉球三等，红球四等。时而有人击中，便会响起叮当叮当的钟响声。街路很窄，一旦有辆三轮摩托驶入，人潮便会涌动起来。

民子在面包店买了一斤白色切片面包、半磅黄油，又到肉店买了火腿肠、鸡蛋、沙拉酱。最后又走进蔬菜铺，买了生菜和一个小花菜。

民子住在哥哥的家里，平时从来不做饭。今天，买了这些食品，她立时觉得有一种做女人的喜悦涌上心头，不觉间有些兴奋。

离义三的公寓只有一站。可民子还是决定乘车去。在站台上可以听到那些专为圣诞节开业的小舞厅里传出的爵士乐声。在每天傍晚的噪音中，只有这乐声是乐队演奏的。

大和寮附近的许多房屋都被战火焚毁了。民子走到大和寮前，发现每个窗户里都没有灯光，里面静寂极了，好像一个人也没有。

民子按了一下门铃。一位中年妇女从黑洞洞的走廊里急匆匆地走了出来。

“请问，栗田先生在吗？”

“嗯，在。在二层的左手第二个房间。他呀，身体好像不太舒服。”

这位妇女大概正在炖着什么东西，所以连民子的脸也没看清，就转身往回走去。

义三的屋里也没有点灯。民子敲了两下门，无人应声。

“栗田，是我。”

民子说着，推开了门。

“啊，我正等着你呢……”

黑暗中，义三用足力气，清楚地应道。

女人味儿

民子感到有些不同寻常，急忙脱下高跟鞋，走进屋里。一进屋，她马上打开了电灯开关。

她眼前浮现的是憔悴的、闭着双眼的义三的面容。

“栗田，你怎么了？”

民子把脸凑到栗田近前，一眼便看出义三病情不轻。她摘下右手的手套，把手放在义三的额头摸了摸。

“嚯，体温真够高的。糟糕透了。栗田，你肯定是在硬撑。真是个傻瓜。你还是个医生呢。”

义三似乎仍在昏睡之中。

也许，他刚才那句“我正等着你呢”也是无意识之中冒出的呓语。

不过，民子现在已经顾不上想这些了。她把买来的那包东西和手提袋堆到屋角上，便站起身来准备做些什么。

她一只脚刚放进高跟鞋里，楼下的那位主妇就拿着火星四溅的火引子走了进来。

“啊，太好了。谢谢。您要是有那种能产生蒸汽的东西，就借我用用。另外，这附近要是有医生，马上就能请到的话，请您帮忙快点儿叫一下。”

“行。”

那个主妇应了一声。可是，她仍然不着急不着慌地把火放在火盆里，说：

“他昨天傍晚一回来就躺下了。我也不清楚他是怎么啦。光听到他呼噜打得挺响，我还以为他是吃了安眠药睡觉的呢。他本人虽说还在实习，那也是医生嘛……”

“那不是打呼噜，是肺呼吸困难的声音。这是严重的感冒，是肺炎症状。请快找医生来。”

“好。”

民子的样子把主妇吓得够呛。那主妇赶紧走了。

楼下的电话声传了过来，医生好像已经出诊去了。民子想请自己医院的值班医生来一下。但转念一想，那位主妇正在打电话催呢，还是再等诊所医生一会儿。

民子小心翼翼地把窗帘拉上，又从楼下取来水。然后拿出白色的金霉素药片，并用手指碰了碰义三的面颊。

真没想到从医院药房刚买来的这药竟会这么早就发挥了作用。这简直是上神安排的命运的奇迹，绝非医学可以做到的。

如果自己再休息一两天不去上班，如果主任没有说义三好像感冒了，如果自己没打算和他过个愉快的圣诞节前夜，那么他就说不定会……

上帝的安排难道不是爱的洗礼……在圣诞前夜的洗礼？自己完全可以去更加热闹的地方，可却总放心不下他。

“栗田，栗田。”

义三像醉汉一样，目光呆滞地望着民子，说：

“啊，是井上小姐啊……”

“你能认识我，太好了。来，把这药吃了。你生病啦。”

民子把白药片凑到义三干涩的唇边。那神情，那姿态就像是义三的姐姐或母亲。

义三像山羊似的动了动嘴唇，把民子手指中的药片含进嘴里。

望着义三听话的样子，民子心中涌起女性的柔情。她把手放在义三的头上，让义三把头稍稍侧了一下。

“没有吸水管，能喝下去吧。来，好……”

说着，民子把杯子里的水喂进义三的嘴里。

义三用力喝完水，马上又闭上了眼睛，喘着粗气睡着了。这使民子颇为担心。

义三的脸上沾了一点水。民子拿出味道好闻的麻手绢，为他拭去水珠。

屋里暖和起来了。民子脱掉浅褐色的大衣，轻手轻脚地收拾起屋子来。

“要是医生来了，该多难堪啊。”

来的医生像个矮小的相扑运动员似的，长得胖胖的。

“要是二战前，这病可能就麻烦了。那大概是昭和十二三年。我记得有个从外地来东京上学的年轻人，大学就要毕业了，结果得了肺炎，死掉了。那个年轻人结实得像块大石头，可一眨眼就没命了。家里的亲人都没赶上见他最后一面，现在有这个就没问题了……”

医生说着，把白蜡状的盘尼西林抽到注射器里。民子一动不动地看着医生熟练的手势。

“叫什么名字，多大岁数？”

“栗田义三。桃栗三年的栗，田地的田，源义经的义，一、二、三的三。二十三岁。”

“您说得真清楚……”

医生看了看民子的脸，说。

“我还要再去看两三家病人。您一个小时以后来取药吧。”

“我想把自己手头上的这些金霉素先让他吃了。您看……”

“原来如此，可以。那就不用再开药了。”

医生用脸盆的热水洗着手，又接着对民子说：

“早晨的空气很冷，对病情影响很大。要多注意，别让室内的气温变化太大。”

“好。”

“最近这段，一天我要走三十二家。一会儿就是一个新病人。工厂那边，每天都有新病人等着你。真是让人吃惊。”

医生骑着轻便摩托离去了。听着远去的摩托的声音，民子决定今天晚上就待在这间房子里。她是第一次住在男人的房间里。她为自己辩解，自己是作为医生、作为护士留在这儿的。但是，这样的辩解反而使她脸上发热发红。

民子从学生时代就在爱着栗田。但是，在别人眼里，她颇为理智，十分聪颖，性格爽直。人们都没有把她作为女性来对待。所以，她也竭力隐藏起自己的爱情。另外，栗田清秀俊美，颇受女孩子喜欢。在栗田面前，民子总是控制着自己的感情。她也曾想尽量不引人注目地把自己这女性的爱情处理掉。

另外，民子对恋爱还存在着一种恐惧。说穿了，这也是因为她担心自己不可能获得甜美的爱，难以将这爱持久下去。

但是，今天，望着昏迷中的、像婴儿一般熟睡的义三，她的爱没有丝毫的踌躇犹豫，没有受到任何的阻碍羁绊，尽情地喷涌出来。她感受到了一种从未有过的自由与幸福。

高跟鞋与拖鞋

圣诞节——二十五日这天下雨了。

明天就是星期日。清爽的东南风轻拂着蓝天，空中仍悬挂着白色的月亮。

这天，房子的邻居突如其来地要搬家离去。房子正在为她们帮忙收拾。

邻居的三姊妹，最大的叫伸子。有人告诉伸子不要过分坚持自己的要求，应该适可而止。因为她们并不具备正当的权益，过分的话反而会吃亏的。老二加奈子，特别想马上得到一笔钱。最小的则不愿意老住在这间简陋的小房子里，想彻底改变一下自己的生活。所以，到了十二月份她们就到处去找搬迁的房子。

特别是加奈子，她对现在的那点工资十分不满意。她有一个朋友在青梅线上的一个叫做福生的街镇上做歌厅舞女，平时总是显得十分富有。这使加奈子这个年轻姑娘羡慕不已。当她听说福生有空房子时，马上就动心了。

就在房子的弟弟离开人世的两天之前，她们三姐妹去了一趟福生，定下了那处房子。她们三姊妹好像都打算在歌舞厅当舞女。不过，最小的妹妹才十四岁，所以最后还是决定她由住在东京赤羽的亲戚收留下来。

“对不起，房子。守夜、送火葬场，你那么累，还让你来帮忙……”

老大伸子道。房子摇摇头，说：

“没事，这还能让我分分心……总是那么待着，心里老害怕。不过，你们这么快就搬走了。以后，我太孤单了……”

“明白，明白。小和刚死，让你一个人孤单单的，我们也是放心不下的。”

“房子，要不你也和我们一块去舞厅工作吧。”

加奈子试探着房子说。

“那个什么，那地方有个叫卡萨布兰卡的饭店，刚建成，就在车站旁边。听说，过圣诞节前夜时，T 城一带的夫人、小姐穿着老式的夜礼服，就像舞女似的，满不在乎地向饭店的客人要小费……够厉害吧。咱们可没法比。不过，饭店还特别欢迎，特别的高兴。我也想过得痛快些。房子，你那么漂亮，成天去数弹子店的弹子，太没劲儿了。就凭你这双眼睛，往歌舞厅一呆，那就像大钻石一样，光彩夺目。”

加奈子一边聊着，一边把有数的衣物放进包裹里。

“有人问我，愿意不愿意在这儿的那所医院工作……”

房子也不再隐瞒这件事了。

“那太好了。房子，你就一个人，没有必要陪着我们去往海里跳。”

老大伸子一边用绳子捆着行李，一边高兴地抬起脸对房子说。

昨天，负责千叶医院事务的人也给房子送来搬迁费的支票。金额和邻居姐妹的相等。这全靠伸子她们的交涉才得来的。为弟弟的葬礼，伸子她们也给房子帮了许多忙。

加奈子绷着脸问：

“这脏乎乎的小火炉，还有这锅也带走？”

“那当然了。要不然，到了那儿就得马上去买的。”

最小的女孩正在往一个陈旧的正方形书包里装着西服和睡衣。学习用品和鞋已经包在包袱皮里。

“光给你们添麻烦。还没报答呢，你们就走了。”房子伤感地说，“守夜的那天晚上，和尚突然来了，真让我吃了一惊。后来才知道是加奈子去叫来的。当时，我真是高兴。”

“是姐姐让我去叫的，她说要是不念经，小和太可怜了。那寺院才让人吃惊呢。那个和尚是新制中学的老师。家里有四五个男孩子。他夫人比我们穿得还要破烂。”

“那叫布施吧。三百日元是不是少了点儿。”

“不少。给他上的饭，他吃得可香呢。”

伸子对房子说。

到了下午，邻居亲戚的女孩来接最小的雪子了。那个女孩看上去和雪子差不多大。从外表看上去，她家的生活也并不富裕。

在等搬运公司的车来搬运姐姐们的行李时，雪子一直和那个女孩在医院工地的院子里玩。

三姊妹的神色里看不到任何分别的孤寂。她们似乎已经彻悟，习惯了人世中的离合聚散。另外，也许是因为她们都想彻底告别这种贫穷不堪的生活。

三姊妹走了。寒冷的冬日的天空上出现了艳丽的晚霞。高大的烟囱吐出的黑烟向远处缓缓飘去。

房子的心就像上了箭的弓一样绷得紧紧的。

弟弟死后不过三天——就像打开的折扇被折叠起来一样——这里的小屋生活也要结束了。

房子要去义三那儿告诉义三她要在他身边工作。要是这能成为现实，那该多么幸福啊，她想。

房子仔细地洗了洗手和脸，又对着梳妆镜打扮了一下。脸上涂上胭脂后，房子好像变了个样子。她涂了擦，擦了涂，忙碌了一阵。

她用力地拍打了一下奶白色毛衣的肩部和胸部，似乎要掸掉上面的灰尘。

房子双手合十，对着用白布裹着的骨灰盒，说了句“我去去就回”，然后便穿上短外套，蹬上红色的木拖鞋，向河边道路走去。

房子去领福利补贴金时，都要经过义三住的宿舍。所以，从这宿舍刚刚建时起，她就很熟悉这一带。有时碰到掷球的学生把球扔偏了，她还帮他们捡拾过。

一个女人来到收发室。她告诉房子义三的房间后，又补充了一句：

“他生病了，一直没上班。”

房子心里不禁一惊。会不会是那夺去了弟弟生命的可怕的流感传染给了他。房子心里发沉，一阵慌乱。

义三房间的门打开了两三寸，正在通风换气。

房子立在门前，定了定神。

门前脱鞋用的水泥地面上整齐地摆放着一双褐色的翻毛高跟鞋。

房子知道屋里有女性的客人后，突然感到十分沮丧。

“有人在吗？”

她叫门的声音很小很小。

房子把脸靠近门的缝隙，想再叫一遍。可当她看到里面坐着一个穿着绿毛衣的年轻女人，她的脸几乎贴着躺在那里的义三的脸上时，便离开了那里。

房子觉得自己全身的血似乎一时停止了流动，继而又冲涌起来。她没有空暇考虑任何事情。她只是觉得自己来到了一个自己不该来的地方。

放在瘦弱的手上的手

明亮的日光照射在脸盆的热水里。

剃须膏是民子送来的礼物。

义三从崭新的膏管中挤出些许，闻了闻它的气味。

在小圆镜子里，义三看到了大病之后的自己的眼睛。胡子也从来没有蓄过如此长。

圆形的陶制火盆上坐着一个小水壶，里面散发着煮沸了的咖啡的香味。

“凑合刮刮就行了。”

民子说话的口气又像是母亲或姐姐一样。

“嗯。”

义三绷着嘴，一边刮着脸一边应道。

“不过，你这手还是挺有劲的。我以为它要发抖，挺危险的。”

“没事。已经没事了……”

义三转过头去，发现民子的眼睛一动不动地盯着刮胡刀片的移动。不过，义三并没放在心上。

今天已经是新年的第四天了。

要是没有民子的照护，自己这条命恐怕早就没有了。义三想。

当然，也未必就会死掉。义三是个医生，他相信今天的医学，也熟知新的治疗方法和它们的效果。

但是，他也不是没有见过那些在大医院里因偶然而死去、因偶然而生还的病例。的的确确，有时事情就是来自于偶然。

首先，义三不是就没能救活房子的弟弟吗？虽然房子的弟弟不是义三治死的，但是义三终归没能让他活下来。另外，义三作为医生不是也让自己生命垂危了吗？

或许正是民子才救活了自己。应该这么去想，应该记住民子的恩情。

义三对于病重时的情形已经什么也记不得了。尽管如此，他却留下了对于病痛的记忆。这会使他一辈子也难以忘却的。

除夕、正月初一，就在这新旧之年交替的夜晚，义三终于恢复了正常的意识。在宿舍管理人的妻子的好意安排下，义三喝上了吉庆的屠苏酒，吃上了美味的杂煮菜。

三十一日晚上，民子很晚才回到自己的家。不过，新年的上午她又返回了义三的住所。

二日、三日，义三渐渐恢复了体力，但他仍然躺在被子里休息。他把自己全部交给了民子，在内心中享受着这一切。

雪白的浆洗过的褥单的边角上，用墨写着两个小字：井上。

“井上。”

义三把民子的姓读出声来，问道：

“这是你写的。”

“对。往洗衣店送时写的……”

义三只有一条褥单。为了替换下这条脏污的床单，民子从家里拿来了这一条。

毛巾睡衣也是全新的。还有枕罩、杯子、香豌豆都是民子带来的。义三简直就像睡在民子的世界中。

“那位小姐真是仔细，体贴人。”

管理人的妻子对民子赞不绝口。

“当个女医生，真是太可惜了。”

“当医生不体贴人就糟了。”义三说。

义三的枕边摞着桃子寄来的三封信。桃子不知道义三患病的消息，所以每封信上都写着同样的话：

你早点回来。你为什么还不快点回来呢。

昨天收到的信里还夹着从地方版的报纸上剪下的天气预报，还有一张积雪量的图表。这图表像是桃子画的。

天气预报是这样写的：十二月三十一日，北风，晴，傍晚有雾。明天一月一日，北风，阴，下午有雪。

生长在雪乡的义三看到预报，心中生出对雪的思念。

从幼时起，每到寒气逼人的冬夜，义三都是在对翌日降雪的祈盼中进入梦乡的。

这个寒假，他本来也是准备回去看雪的。但没想到得了这场大病。按这种状态恢复下去的话，过了一月七日的七草节，就可以看到家乡的雪了。

不过，在回家之前，一定要去看看房子，看看那个像风中摇曳的火苗般的房子。

义三呆呆地用手摸了摸刮好了的下颌，想着自己的心事。

在义三的身后，飘浮着咖啡的香味，还有烤面包的香味儿。

“啊，痛快多了。”

义三把棉袍的前面掩了掩，坐在民子身旁的桌前。

“穿上足袋。不穿要着凉的。”民子对义三说。

“我哪有足袋那么好的东西。”

“那就穿袜子。”

“你还真有点吹毛求疵。”

义三随口开了句玩笑，然后老老实实地站起身来。他打开壁橱，准备找袜子。

看到整理得十分规整的壁橱，义三不禁一惊。袜子都被洗得干干净净，而且每双都卷成一个圆团放在那里。

“这全是你干的？”

“是啊。我没事干嘛。你整整昏睡了两天啊。”

“你真是干了不少事啊。我要是再多睡些日子就好了。要是睡上两三个月，像蛇那样冬眠就好了。要是那样，你说不定还会建成个像模像样的小房子呢。”

“你舅舅不是正在建大医院吗？！”

“我可不是灰姑娘。”

义三颇为愉快地嬉笑着，望了望这位亲人般的女友的眼睛。

民子的眼神中充满着温情与满足。这使义三的眼神顿时变得认真起来。

当义三拿起匙子准备加糖时，民子的手放在义三的手上。

“你真是瘦了。说什么也是得了一场大病啊。”

民子用手指绕住义三的手腕。

“是瘦了。你看，大拇指都可以挨到中指上了。当然，你的手指比较细长……”

民子松开手。

“要不是你来了，这个年，我大概要到那个世界去过了。”义三深有感触地说。

民子高兴地、像打机关枪似的说：

“我第一次来是在圣诞节的前夜。你病得真重啊。可是，我一看到你的脸，你就大声对我说‘正等着你呢’。”

“对你说？我可是一点儿也记不住了。”

义三用洁白的牙齿咬着面包，又看了看民子的眼睛。

民子的话使义三想起了自己在高烧的折磨中，在昏睡的过程里曾一直在等待着一个人的到来。也许他盼望的是房子的那双手。

一眼望得到底的河

“我明天想到外面去看看。没事儿吧？”

听义三的口气，像是在征得民子这位医生的同意。

“得穿暖和些，晚上可不行。你准备去哪儿？”

“想练练腿脚……”

义三想去看看房子。但他没有说。

“过了七草节，我还想回老家看看。”

“长野县。那儿很冷吧。”民子皱了一下眉头。

“大概正在下小雪呢。老家给我寄来张积雪量的图表。积了足有五尺厚呢。”

“那都能滑雪了吧。”

“嗯。我可是雪里长大的孩子。所以，今年怎么也得到雪里去一趟。”

“我也想去。”

“我们那儿没有像样的旅馆……要是我们家能留宿客人，我倒是可以邀你去，可是……”

义三无所谓的态度使民子颇感不悦。

“行啦。你一个人回去吧。再得一次感冒，再受一次折磨吧。”

民子没想到自己会说出这些，心里顿时上下翻腾起来。

民子看护了义三将近十天。这段时间里，她获得了从未有过的满足，过得十分充实。

在这段时间里，义三像个天真幼稚的婴儿一样，把他的生命交给了民子。民子打心眼里疼爱那时的义三。

打开窗户，烧好开水，她所做的每一件无聊的小事都是在为着义三。这使民子由衷地感到快乐。

在男女同校的大学时代，民子和义三就很熟，关系也很好。但是，她很多时候因人们赞美义三的英俊而颇为反感。

她曾经和女朋友这样说过：

“栗田这人太理智了，我不喜欢。我喜欢那种更富柔情的人。”

当时的义三对她来讲，是亲近而又疏远的一个人。就是在他们同时到这所医院当实习医生以后，这种隔阂仍然潜存着。

正是义三的病，才使她一下走到了义三的近旁。

她真想拥抱着义三，喊一声：“我的宝贝。”

可是，病好了，义三又像以前那样正襟危坐地出现在自己的面前。这使民子真有些难以理解。义三又成了远方的人。

而且，民子觉得义三似乎已有情人。

千叶桃子的三封来信就放在义三的枕旁。义三一点儿也不想藏起来。当然，因为患病他也不可能藏起来。虽然如此，但是民子以女人的直觉，还是觉得这个桃子就是义三的情人。

民子是一个不会表达自己的爱、不会撒娇的女人。她竭力掩饰自己的感情。由于过分急切地掩饰，反而使得她几乎要扼杀了自己的情感。

义三仅仅说了句要看看家乡的雪，就使得民子十分不悦。可义三却不知觉，仍然又说起了家乡的事情。

“我们老家的年糕不是完全捣好，而是捣到差不多的时候，加上核桃、发青的大豆，做成豆年糕，好吃极了。到时，我给你带些来。”

义三一边以平和的口吻说，一边喝着咖啡。望着喝完咖啡的义三，民子说了句：

“真够滑头的。”

为什么要说义三滑头呢。民子本来也是无心说这话的，但不知为什么却脱口而出了。她感到十分狼狈，脸上浮现了红晕。

“滑头？为什么？”

义三的温柔的眼神一时蒙上了愁云。

“本来嘛，那种东西都是老奶奶给孙子带来的。我希望你送给我更好的东西。”

义三爽快地笑了。

民子更有些着急了。她用以往那种直爽的口气道：

“看来是不需要我了。”

“作为医生，是的。”

“我可不是来当医生的。”

“要是作为朋友，我可能是越来越需要你。”

“我走了。我，去看个电影吧。”

民子取出化妆盒，整了整妆。

她希望义三能尽力挽留自己。可是，义三却只说了一句：

“看电影？我看来还是够呛，去不了的。”

说着，义三站起身来，准备把民子送到走廊外。

“行了。走廊的风，你还受不了。这可是当医生的忠告。”

民子说完这话后，一只手把义三轻轻地推了回去，从外面掩上门，便快步走下了楼梯。

此时，民子有些心神不定。她也想不出到底去哪为好。

她真想说句“我东西忘了”，再次走进义三的房间，向义三吐露自己的真情。

她不在乎义三有没有情人。她只是想在义三心里占有一席之地，哪怕是一生只有这一次也行。只有这样，她才能和其他人结婚，她才能当个好的妻子。要是在义三昏睡的时候，吻吻他就好了。那样，即使义三不知道，自己也会高高兴兴，十分满足地离去的。她有些后悔，觉得一切都好似一场梦。

“我真的喜欢你。可是，你却毫不在意。”

她觉得只有自己的这一低语才是最最真实的。

从年末起，天气一直十分晴朗。民子沿着一眼可见河底的河边走着。河水在她的眼睛里渐渐地模糊起来。

不知去向

民子给这间单身男性的宿舍留下的是使义三感到难以忍受的孤寂。

义三的脸形很像那个被称做凛凛名妓的女性，微微发黑的皮肤，显示着年轻的活力的洁白的牙齿……都使人感到他的强悍。然而，义三却是个十分关心他人、不张扬自身的男人。他不愿意给人带来任何的不悦。

他十分感谢民子，觉得民子是自己的救命恩人。与民子交往那么长时间，从未见过民子那么不悦。可今天，民子绷着面孔走了。这使义三十分难受。

他推倒小圆镜子，沮丧地钻进了被窝。

“本来挺直爽的，很有主见的一个人，这是……看来，这就是女人感情上的突变。”

义三心里琢磨着，低语道。

“也许是照料自己太累了。也许是女性的柔情用多了，自己厌烦了自己？”

义三傍晚之前睡了一觉，八点左右才醒。吃完晚饭后，就再也睡不着了，两眼一直睁到深夜。

他想起以前向朋友借来的阿尔贝·加缪的《鼠疫》还没有读，

便拿过来读了起来。他觉得额头很沉。夜晚的寒冷好像在撕咬着他的脸、他的手背。

义三合上书，把冰冷的手放在手臂之间暖了暖。

上胳膊上起了两个疙瘩，是盘尼西林没有充分吸收造成的。义三用手指揉搓着玻璃球大小的疙瘩，想起了在医院为无数个患者注射的主任那灵巧而迅速的手势。

看到主任的手势，义三总是十分佩服。但是，今天晚上，他却由此想到医生这个职业的枯燥。

“这盘尼西林大概是民子打的。”

义三揉着胳膊上的疙瘩，心里想。

民子注射完后，没有好好地给自己揉揉。或许，她是不好意思去揉男性朋友的胳膊。

义三在脑海中勾画着民子欲揉而突然放下手的样子，心里颇有感触。

“女人真是太可怜了。”

他不由得说出了声。

义三的“可怜”既有令人怜惜的意思，也有十分感恩的意味，也包含着细腻的感觉和温情柔意。义三所说的可怜正是他在这个病弱的寒夜所祈盼留在自己身边的人们。

义三觉得桃子、房子、民子她们都有着这种色彩。

桃子不愿意在街上游逛，却想看看他的脏污的房间，为他收拾一下；不愿意在外面吃饭，却想在他的房间里吃点面包和黄油。难道这个孩子对自己……义三想也不敢想。

房子也是同样，很想让义三吃完热好的早饭再走，却又不知所措。难道这个女孩对自己……义三想也不敢想。

就连民子也为义三洗袜子，买来香豌豆，就像今天早晨那样。难道这个女人也……义三仍然是想也不敢想。

“太可怜。完全可以不这样做嘛。女人为什么都要这样做呢？”

义三看得十分清楚，但他却尽可能装作看不见。他觉得这是件十分痛苦的事情。他不愿意钻她们的空子，利用她们的这一点。他知道当她们为男人做这些事时，你就是去拥抱她们，她们也不会跑走的。

也许是义三经常得到女人的青睐，因此而养成了站在远处去观赏她们的习惯。不过，他也在畏惧，害怕这种习惯一旦遭到破坏，便会不断地堕落下去。有人像民子那样称他不沉溺于女性的情感是狡猾，有人认为他以自己的英俊而摆出一副臭架子。但是，对义三来讲，这既是他的自尊、警惕的体现，也是出于他富于真情的体贴的显露。

义三也猜得出来，像今天民子那样突然发火离去，大都是出自于女性的嫉妒。女性的嫉妒是最让人厌烦的。假如今天，自己随后追上民子，去安抚她，消除她的嫉妒，那么以后民子就可能陷入因极度的嫉妒而造成的痛苦之中。

不过，假设自己在昏睡中死去了的话，那么房子、桃子、民子，还有自己的母亲和哥哥就都不存在了。义三年轻的内心突然产生了一种恐惧，一种因总有一天要来临的死而生的恐惧。这个总有一天也并不一定就是遥远的将来。假如自己一直昏睡下去，那么一切都成为了过去。

假如那时自己死去了，那么在自己短暂的生涯中最贴近自己的亲人，爱着自己的人就等于是民子。假如说明天自己就可能死去，那么今天或许就该回报民子的爱。

义三想睡了，可他仍然睡不着。他眼前浮现出房子幼小的弟弟死去时的那颗掉落的牙，浮现出房子用被子为死去的孩子盖脚的情景，浮现出房子那灼人的目光……

“正是因为房子，才使自己对民子那样冷淡。”

明天出门去看房子！把一切都交给房子！义三排除了其他一切思绪，将整个心思都集中到了房子一个人身上。此时，他终于可以蒙头大睡了。

温暖的阳光正在等待着从清晨的熟睡中醒来的义三。

义三很晚才吃早饭。饭后，他换上许久未穿的西装，离开住所向街镇的方向走去。

最近几年，东京的正月都是如春的日子。温暖的阳光照射在静寂的河岸上。一个七八岁的小姑娘摇动着手里的铃铛，在河岸上霜化后的泥泞中艰难地走着。义三轻轻地抱起小姑娘，把她放在坚硬的地面上。

“你的衣服真漂亮啊。”义三高兴地对小姑娘说。

走到舅舅那所医院的工地时，他不由得感叹了一声：“嗬！”

医院的用地已经用铁丝网和白墙板围了起来。入口处的那三级石阶也已被人移走。那里，修了一条水泥的通路。这条缓缓的坡路一直延伸到正门处。

站到正门前，义三“啊”的一声，呆住了。

房子家的小屋已经不见踪影了。与房子家相邻的那两座简易房子也不知了去向。

一切的一切都似乎被风吹得干干净净，销声匿迹了。这里成了整个院子角落上的一块空地。

地也平整完了。叶落之后的银杏树只剩下拐杖似的枝干。

那天与房子分别时所看到的那胭脂红色的残菊也不见了。

义三觉得双腿发软无力。

“去‘绿色大吉’。在那儿一定能见到她。”

义三向商店街急步走去。

每家店铺前都摆放着迎春的松枝，保持着新年特有的静寂。道路似乎也变得宽了许多。

不过，来到肉店和药店的拐角处，仍可以看到在道路上摆着缝纫机，向行人高声叫卖的、分期付款销售缝纫机的人们。

女售货员忙着在给缝纫机的机头套上小小的象征正月里的稻草环，向行人散发着推销广告。她仍然留着传统的日本式发型。

“绿色大吉”里面，客人挤得满当当的。

不过，正面的销售台里坐着的少女却不是房子。义三又走到里边的销售台看了看。房子也不在那里。

等等，一会儿就会来的，义三想。他买了二十个弹子。卖弹子的少女又给他加了七个，说是新年酬宾赠送。

义三坐到“十五号池袋”的机器前，拨打起弹子来。

今天义三真是出手不凡，二三十分钟之间弹子盘里的弹子就已经要满出来了。

义三觉得真有意思。一边等房子一边瞎打，结果却出来这么多，看来这打弹子全是靠运气。他又放进一些，但是这次却没有弹子出来。于是，他敲了敲玻璃板，做了个手势。弹子台的上方露出一张女人的脸，说：

"对不起，机器停了。"

义三收拾起盘上的弹子。此时里面又滚出来最后的十五个弹子，接着一块"暂停"的木牌挂在了弹子机前。

来到奖品交换处，义三把弹子放进计数器里。结果，竟有二百多个。他要了盒"和平"牌香烟，还有发胶，然后向交换处的青年人问道：

"吉本房子小姐把这儿的工作辞了吗？"

年轻人看了看义三的脸，说：

"辞倒是没辞。她请假休息了。"

"那您知道她住哪儿吗？"义三大着胆子问了一句。

年轻人又用他那警惕的眼神看了看义三，说：

"她准备到这儿的二楼住。"

义三走出弹子店，抬头看了看二层楼上。

上面的每块玻璃上都写着金色的字：热烫、冷烫、理发。

看样子这儿是美发厅。可是，这个美发厅却没有入口。由此看来，这儿以前是，不过，现在只剩下了"金字招牌"了。

义三呆呆地站在那里，望着被车站吸进、吐出的人流。

自己住所的地址已经告诉给房子了。可是，她却不来为弟弟的事表示谢意。她到底去哪儿了呢。也许是因为弟弟的死使她顾不上道谢了。

义三想回到大雪中的家乡去。

他觉得桃子说不定会知道房子还有房子的邻居的去向。因为是桃子的父亲付给房子搬迁费的。

故乡的雪

义三觉得不能瞒着民子就回老家。因为那和房子不向义三打个招呼就出走了是一样的。于是，他给民子挂了个电话。

可是，民子没有在家。

他又给医院去了电话。民子也没有去医院上班。

义三提着个小手提包，离开了宿舍。

上车后，义三找了个靠窗户的座席，望着外面冬天的景色。一会儿，车厢内的热气使车窗蒙上了一层雾气。义三没有去擦它。他的思绪仍然为房子所牵挂。

“说不定这就是失恋的味道。”

义三在心里拿自己开心。可是，他一点儿也乐不起来，仍觉得孤单单的。

坐在义三对面的老婆婆替义三擦亮了玻璃。外面的雪景映入人们的眼帘。

老婆婆性格爽直，不由分说地把橘子送到义三的手里。然后，她自己便慢慢剥去橘子上的筋，吃了起来。

“个你，这是去哪儿？”

这“个你”也不知是“哥哥”的意思，还是“你”的意思。反正在这一带义三从未听过这个词语。

“去K。”

“K？那也是要过了隧道啊。我去N。我小儿子的媳妇身体不好。我去给他们帮个忙。”老婆婆说道。

“这雪乡真遭罪啊。听说炭比米还要贵。”

在靠近隧道的下面的站上，列车停了一会儿。

山上、房上、路上，都是雪，白茫茫的一片，静悄悄的。

坐在列车里，感觉不到外面的寒冷。小站屋檐上垂挂的冰柱，在列车里的人们眼里，就像漂亮的装饰一样富有魅力。

列车穿过好几座隧道，来到K站。K站正下着暴风雪。

从车站前面唯一一家旅店走出来一个卖牛奶的人。他的装束显得颇为夸张：毛皮的靴子，盖住耳朵的滑雪帽，厚厚的臃肿的大衣。

义三也下到站台上。顿时，他的鼻子、面颊感到冷得刺痛，寒气似乎钻进了他的头部深处。这反而使他觉得感冒好了一大半。

卖牛奶的男子用手拍了拍义三的肩，说：

“刚回来的吗？好久不见了。”

原来是自己的小学同学。

“千叶家的小姐每天都来接火车……她说义三你要回来的。”

这雪，这卖牛奶的男子，还有每天冒着寒冷来车站接自己的桃子，所有的一切都使义三感到浓烈的乡情。

“今天从早晨开始雪就这么大？”

“那倒不是。从中午开始的。下得小不了。”

“我好不容易回来一趟，下得太小了可就没意思了。”

“你真是站着说话不腰疼。你也得替我们这些成天站在站台上的人想想。”

“来玩啊。”

从车站到义三的家，就是今天这种暴风雪的天，竖起大衣领子，一阵小跑也就到了。

义三跑进家门，不由一怔。土间重新装修了一下，地上铺了新的木地板，上面摆放着炉火很旺的炉子。屋里一个人也没有。

“嚯，这日子过得宽裕些了。”

义三一边琢磨着家里的生活，一边脱着鞋。

他默默地走进屋里，拉开老房间的纸拉门，看到母亲正在呆呆地烤着火。

“我回来了。”

“咳，吓了我一跳。是义三吧。”

“还吓一跳呢，您就听不见我开门的声儿？您真是太大意了。”

“我挺小心的。我还以为是浩一呢。”

“我哥，他出门了？”

“今天是开业式，他去参加了。原来说下不了雪就能回来，谁知道他到哪儿转去了。他可是每天都盼着你回来呢。”

母亲用眼神招呼义三坐到脚炉边上，然后说：

“你是怎么了？年根儿、过年都不说来封信。”

“我感冒了。”

义三把脚伸到脚炉的围被里，问：

“我嫂子呢？”

“哄孩子睡觉呢。”

外面的大门咣地开了。义三听到了好久没有听到的哥哥的声音。

哥哥好像没有看见义三摆在外面的鞋，一边大声发泄着在外面憋的气，一边走了进来。他的话也不知是说给母亲听的，还是说给嫂子听的。

哥哥总是这个样子吗？义三缩着头想，笑嘻嘻地等着哥哥进来。

“人家都觉得，那么个破小学的工作能有多累。可是，真是……”

哥哥打开拉门，意外地看到了义三，不由得笑容满面地说：

“嗬，已经回来了。”

哥哥脸上被雪灼得红红的，眼神显得十分严厉。他好像在为什么事儿生气呢。

“还是炉子旁边暖和。你看到了吧。”

说着，哥哥把义三引到了土间。

“这间房子还是下了决心弄的。家里暖和了许多。要是只有个地炉，怎么也受不了的。而且还有小孩子……你猜，今天得有多少度？”

“零下十度左右吧。”

“零下十六七度呢。原来以为你会在年前回来的。是不是很忙？”

义三告诉了哥哥自己年末得了感冒，一直躺在床上。另外，他还告诉哥哥今年东京的流感十分猖獗。

“那，你这个当医生的怎么能从东京跑回来呢？”

“我想看看家乡的雪。”

“噢。咱们家你就别管了。你得去千叶舅舅家看看。实习期也要结束了，你定下来没有？”

“定下什么了？”

“装什么糊涂呀。桃子每天都去接你的。”

“听说是这样的。”

义三脸突然红了。

“关于这个问题，妈和我都没有发言权。非常遗憾。”

“为什么？”

“还问为什么。没有舅舅，你能大学毕业吗？”

“你这话像是说我不是这家的人，成了别人家的人了。我不爱听。”

这时，房门慢慢地开了，抱着滑雪板的桃子走了进来。两个人没有再继续讲下去。

桃子穿着藏蓝色的筒裤，戴着红帽子，穿着红毛衣，手上是红手套，脚下是红袜子，满身都是细雪花。一眼看去，就像童话故事中的幼小的孩童。

“啊，真的回来了。太让人高兴了。”

桃子舒了一口气，说。

桃子背转身去，脱着滑雪靴，好久也没脱下来。义三便走了过去，说：

“我啊，得了场大病，差点儿死了。”

“差点死了？”

桃子心里一惊，道：

“你可别吓唬我。”

“真的。”

“是吗，你就为这个，不给我来信？”

“我已经好了。待会儿，你走的时候，我能去送你。”

“是嘛，外面可冷呢。”

桃子来到炉子旁，肩上、膝盖上的雪眼看着就化掉了。

“这不是在做梦吧。我一见到你，就觉得自己是在做梦。”

桃子头发的刘海上挂着晶莹的雪花。

“我姨和大哥都答应让你到我家来住。我可高兴了。今天我跟我妈说义三回来了，可她就是不相信。我每天都去接你，可她不让我去。今天我是偷着跑出来的。我要是把你这个大活人领回去，我就赢了，就可以得意一番了。”

“就这么办。”哥哥说。

“义三用我的防风衣和滑雪用具。”

乘着天还没黑，暴风雪还不大，义三和桃子没坐多一会儿，就出了门滑向了大雪之中。

从这座车站旁的街镇出去，经过野外的田地，再到前面的街镇，要有半里[①] 的路程。

在这一望无垠的雪海之中，四处可见浑圆的雪丘。远处出现的灯火仿佛在梦幻之中。

“啊，真痛快。我要是早点回来就好了。”

由于穿着防风衣，声音显得含糊不清，义三的话没有传入桃子的耳中。过了一会儿，才听到桃子说：

“高兴吧？我还想再往前滑。可是，马上就到家了。”

快到家的时候，桃子嘴上喊着“嗨哟、嗨哟”，飞快地冲到了义三的前面。这以后的道路全是上坡路，滑雪板不起什么作用了。

房屋前面种着义三十分熟悉的高高的枣树、粗大的椎树。树的

① 日本计量单位中的 1 里相当于 3.9 公里。

枝干上覆盖着厚厚的白雪，树的下半部被雪裹得严严实实。

为了防雪，房屋的屋檐伸出来很长。义三他们刚刚走到屋檐下，里面的狗就狂吠起来。

门厅的大门上半部糊着纸，从里面透露出明亮的灯光。

“妈、妈。”

桃子叫门的声音听起来十分悦耳。

独角戏

桃子平时都是一个人睡在离仓房很近的六铺席大小的房间里。

屋里有桌子、椅子、衣柜，还有床，这些东西使这间六铺席的房间显得十分窄小。墙上挂着一面大镜子，桌子上摆着面小镜子。

桃子是在十四岁那年夏天开始一个人睡床的。在那以前，她一直是和妈妈睡在一个被窝里的。

“爸爸，你给桃子买张床吧。”

十四岁那年，桃子突然提出这个要求。当时，真让爸爸大吃一惊。

桃子的爸爸在东京开医院时，医院的病房自然是用床的。但是，桃子的父亲却不愿意自己家里人睡床。这也许是因为他每天都在为躺在床上的病人医治病痛的缘故。

“咱们到东京再建医院时，爸爸给你建一间有床的房间。”

对爸爸许的愿，桃子根本就不睬。她坚持马上就给她买。

“就放在这屋里？这间屋子里放什么床好呢。”

桃子拿出一本西方的少女小说，指着上面的插图给爸爸看，

“我就要这种。”

“嗯？”父亲心里一惊。

“你就是看了这本书，才想起睡床的吧？这种有装饰的大床，会

把房间塞满的。”

虽然爸爸买来的不是小说插图中的那种床，但是桃子终究有了自己的一张床。

桃子刚刚自己睡的那段时间，妈妈每天晚上都要来看看桃子的睡相，听听桃子睡熟的声音。

“桃子，睡着了吗？”

妈妈坐在床边，轻轻地摸着桃子的头发。

“像是睡着了。”

桃子装出睡熟的样子，心里一阵难以抑制的喜悦。

她最喜欢看到母亲此时的像是由疲倦而生的温柔的神情。

桃子的母亲任何时候都像个小孩子，有时显得十分任性。桃子渐渐地对这样的母亲产生了不满，同时毫无保留地爱着自己的父亲。

在这座古老的乡村住宅里，穿着华丽、脾性倔强的母亲每天就是弹钢琴，唱西洋歌曲。而父亲却要去远处的村落为患者治病，在家中的治疗室中忙碌。比起母亲，父亲明显地变老了。看到这样的父亲，桃子想起自己还那么幼小的时候就愿意向他撒娇。然而，每当年轻的母亲把她当做小孩子对待时，她又总是表现出不太情愿的样子。

虽说是和父母在一起生活，但是由于父亲是做医生的，实际上她经常是一个人留在家里。从小的时候，她就喜欢自言自语，就喜欢想象出一个人的存在，与他对话，一个人扮成两个角色地演戏玩。她喜欢小鸟和狗，因为它们可以成为她独语的听众。

一旦躺在床上，她脑海中就会出现许许多多的空想中的人物。西洋的天使、妖精都会成为她独角戏中的人物。

在乡下的学校里，桃子这个城市人模样的女孩总是受到特殊的待遇。有时高年级学生给她来信，送给她礼物，她也十分不习惯。在她看来，最美的、和她最亲近的还是她空想中的那些朋友们。

渐渐地，桃子长大了。渐渐地，桃子变得想有一个明确的托付爱意的东西了。她要爱的不是东西，而是人……

那段时间，她觉得与父亲也变得疏远了，每天心里都是空荡荡的，有着一种说不明白的不安。

就在这时，桃子开始了与表哥义三的谈话。义三在东京，但桃子仍然可以和他谈话。因为她只需把自己想说的告诉给义三，只要能这样就行。

她告诉义三自己身体的变化，告诉义三她对母亲的微妙的不满，告诉义三自己在学校时时产生的孤独，告诉义三她看到了小鸟的窝、梦中见到了义三……

桃子产生了一种错觉。她觉得义三对她的一切都了解、熟知。

义三上学的时候，只有当义三放假回来时桃子才能见到他。义三做了实习医生以后，他们见面的机会就更少了。但是，桃子却觉得义三离自己越来越近了。

所以，今年的新年，当她觉得义三要回来而去车站接，却又没接到义三时，她所感到的不是一般的孤寂，而是那种未能与义三沟通的孤寂。

所以，第二天她又要在心里问义三“今天你回来吧”。当她自以为义三给了她肯定的回答时，她又会去车站。

在顶着暴风雪与义三回家时，桃子曾经问过义三：

“我什么话都告诉你了。可你得了差点丧命的病，为什么不告诉我呢？”

桃子觉得，义三即使不写信来，只要他有意告诉自己，那么自己就会感觉到的。

因为是如此盼到的义三的归来，所以桃子非常想把义三归为己有。

她非常想让她独角戏中的另一个人物滔滔不绝地讲给自己听，而自己则默默地坐在那里。

“看样子，累得够呛吧。”

桃子的父亲看了看义三，说。

“人家病刚刚好，你这丫头就让人家滑雪来。义三，过来一下。”

舅舅让义三来到诊室。

“已经没问题了。在雪地里待上一阵，精神好多了。”

义三对舅舅说。

“那就打一针维生素吧。”

诊室里炉火烧得十分暖和。

桃子用充满好奇的目光注视着父亲粗糙的手指捏动义三胳膊上的肉的样子。

义三长着一头浓黑蓬松的头发，看起来很像个真正的大人了。

他究竟在想些什么呢？成长为男人的义三难道会感觉不到桃子的孤独？

“好好睡上一觉。能在我这儿住上两三天吧？”

说着，桃子的父亲把注射器放进了消毒器里。

“现在就睡觉？太没劲儿了。”桃子使起了性子。

“我一点儿也不困。”

桃子最喜欢在没有病人的诊室的炉前坐到深夜。

“再稍微待一会儿……要不然，我热点甜酒来喝吧。”

“我可不喝。”

“爸，我没跟您说。”

“桃子，你也去睡吧。”

父亲声音有些严肃地说。

“我不困嘛。”

桃子看了看义三，发现义三的眼神里现出有些为难的神色。

当桃子去接义三，两人相遇时，他也是这样的眼神。

在桃子看来，义三的为难神色是最富有魅力的，同时也是个难解的谜。这促使桃子产生了调皮的、恶作剧式的想法。她想再去为难他一下。

义三的寝室也不在正房，离西侧的桃子的房间很近。

房间后面是一座大仓房，前面正对着一块中院大小的空地。整个冬天，防雨板都紧闭着，屋里清冷清冷的。

只是由于义三住在家里，弄得桃子怎么也睡不着觉。

“义三大概也睡不着？”桃子自言自语道。

“那，他在想什么呢？”

桃子真想钻出被窝到义三的身旁去。那样的话，义三还不知要露出怎样为难的表情呢。

可是，为什么就不能去呢？这种时候，要是同性的朋友，就能没完没了地聊，聊累了就可以睡的。义三一个人在想些什么呢？

外面静悄悄的，暴风雪好像已经停了。

贴在胸前的脸

“睡懒觉的家伙，快起床吧。”

桃子猛然推开走廊的隔扇门，闯了进来。但从义三那里看不见桃子。

“就起……现在几点啦？”

“已经是中午了。”

“中午？”

义三有些不好意思了，故意做了个鬼脸。

“这可糟了。”

“昨天晚上，你没睡着觉吧。”

“没有的事儿，我一会儿就睡着了。”

桃子身边卧着她的爱犬。义三在被子里刚一动，狗便低声叫起来。

“干什么！卢娜，你都不认识这位贵宾了吗？”

桃子骂了狗一句，便走到义三的近旁坐了下来。

“你手往这儿伸。我给你拿棉袍来了。”

“你把灯打开好吗？”

“停电。”

“也搞不清是白天还是晚上了。你要是不叫我，我可能还得睡下去。”

义三从被窝里坐起来。

“我要穿西装。你先去吧。”

“我给你拿棉袍来了。”

“嗯，行。”

“卢娜，谁让你乱叫的。遭客人讨厌了吧。”

桃子说着，把隔扇门拉开，走了出去。

义三真希望桃子能够再稳重一些。他为今天早晨桃子这样子感到有些不安。

桃子出去以后，朦胧的一道白光射进室内，好像是傍晚时分一般。

义三换上西装来到走廊。走廊里堆着许多捆绑好了的大小盒子，使人马上联想到千叶家往东京搬家的日子已经近了。

义三的外祖父、外祖母健在的时候，就住在这里。当时，这儿被称做“本家”。那时候，义三常到这里来玩。所以，他十分熟悉这幢房屋。

光亮的深栗色的大椽子、木柱，粗糙笨重的门窗。舅舅他们没有疏散回来以前，屋里的榻榻米上、屋顶上还曾贴过柿涩纸呢。

那时，宽敞的厨房，还有屋里的墙壁已经被烟熏火燎得发黑，炉子旁边堆放着许多柴薪。

舅舅他们回来了，战争也结束了。屋里的农家式的土间、厨房也随之消失了，变成了雪白明亮的诊室。客厅里则摆上了钢琴和长椅。

不过，义三所住的里间仍然保持着以前的样子。

沿着宽宽的走廊再往里走，走到头有间盥洗室。桃子提着圆壶，拿着竹牙刷正在那里等着义三。

桃子上身穿着件深蓝与玫瑰红相间的、很有些浪漫情调的开衫，下身穿的是蓝色长裤。

桃子的额头很宽，嘴唇精巧得可爱。今天，她涂了口红，眼神中流露出热切的企望。

从黑暗的室内走出，义三觉得外面亮得有些晃眼。所有东西的颜色在他眼里显得都有些发绿。

盥洗室的镜子里映出了蓝天与群山。蓝天被暴风雪擦拭得湛蓝湛蓝的，群山又覆盖上洁白的新雪。

桃子往脸盆里倒进热水。义三显得有些不好意思地说：

“我用不着热水……”

“不用热水，怎么使香皂？”

“我用不着香皂。”

“我的东西，都用不着？”

义三把牙刷放进嘴里，看了看镜子里的桃子。

“这镜子不错吧，还能看到山……”

义三点点头。

“今天早晨更好。”桃子说完，便沿着走廊跑走了。

地炉上摆着一张大餐桌，桌上放着两个人的饭菜。桃子和义三坐在炉边。

“就我们？”义三问。

“对啊。天晴了，收家具的来了。我妈他们待会儿来吃。”

“收家具的？”

“不是要搬家吗，有些东西要处理一下嘛。”

“噢，要卖东西？”

“不是有好多以前的东西吗。我爸和我妈的意见就没有一致的时候。结果又是我爸爸输了。还不如一开始什么都不说呢。真够麻烦的。”

桃子一边说，一边为义三盛上酱汤和米饭。

义三目不转睛地看着桃子天真可爱的动作。

“桃子，你也没吃早饭？”

“对啊。我一直等着你呢。让客人一个人吃饭，客人该多寂寞啊。”

喝着放有细软的葱和冻豆腐的酱汤，义三想起了家乡的味道。

“什么时候搬家？”

“听说要在春分前一日。”

“真够早的。”

“人家说要是过了这个时节，就不成。人家这是根据《易经》算出来的。”

“《易经》？这么老的办法，是谁说的？”

“也不知道是谁说的。你妈妈她们就这么说。”

“我妈妈？”

“也不知道是谁说的，反正是到处听来的。最后，就变成了上天的旨意了，你说多怪呀。我妈那个人平时满不在乎的，可是要有人说个什么，她就害怕得不成。我爸爸呢，也不表示反对。所以也就按着人们说的去办啦。”

“我还以为你们要等再暖和些呢。”

“东京学校的插班考试在二月十日。所以，我觉得还是早点儿好。”

桃子看了看义三，说：

“当然，这学期我也可以在这儿的学校上完。和爸爸、妈妈分着过一段时间，一个人过也是蛮有魅力的。”

“有什么魅力？”

“这一天一天的，都是一个样。多没意思啊。吃完早饭，又该到了那让人无奈的时间了。”

“无奈的时间？”

“大人难道就不觉得无聊吗？”

有人在招呼桃子。桃子邀义三一同去。

“去那边看看不？我妈正在和那些历史性的老家具斗呢，可有意思了。”

“不说好话。”

桃子的母亲肩上披着淡紫色的披巾，坐在黑暗的屋子里，周围摆满了各种杂物。

有栗色的大酱桶，古香古色的六角形纸罩座灯，纺车，还有五个一套的筒形的手炉、托盘、小碟、小盘。在一个涂染着色彩的盒子里，保留着祖辈们购买这些物品的时间记录。

“怎么样？妈妈大人。”桃子拿母亲寻开心。

“这可是堆宝贝。要出妖怪的。”

“这就是咱祖祖辈辈的生活？”

母亲看也不看桃子，随口说：

“桃子，把那套女儿节的偶人搬过来。我记得就在仓房的入口那儿。”

义三也随着桃子去了仓房，准备帮帮桃子的忙。

“冷得很，还有怪味儿，是不是？”

桃子把装偶人的盒子递给义三。盒子个个都很大。偶人都在一尺以上高，装五乐师的盒子有一张小桌子那么大。

搬了几趟以后，两个人站的地方一下挨近了。

“这趟就算完了。”

义三环视了一下昏暗的仓房内部，说：

“小时候，我来这里玩，要是调皮了，他们就说把我关到这儿。我记得当时特别害怕。”

“胆小鬼。”

桃子声音悦耳地又说：

“仓房里多好啊！我一到夏天，就喜欢一个人到这儿来，读书，睡觉。”

“真的？”

“上边两层放着客人的被子，把那扇厚厚的土窗户打开的话，阳光就会透过铁丝网照射进来。好看极了，特别的美。”

“嗯。”

“到了东京的家里，就该找不到这种藏身之处了。一个人躲起来，想各种各样的事情，是多快乐啊。”

“听说这所房子银行给买了，准备住两户人家。给了别人，我就进不了这仓库了。我的愉快的空想就要被遗留在这里，太可怜了。我们走了以后，我的空想就会像蝴蝶一样在这仓房里飞来飞去。你说这会怎么样？”

“嗯。”

“你知道我一个人在这里都想些什么吗？”

桃子滔滔不绝地讲着，义三却只是在那里不停地点头应付。突然，桃子把头靠在了义三的胸前。

“你是什么也不想跟我讲啊。”

桃子不耐烦似的说。

从很久以前，桃子就想像现在这样把头靠在义三的胸前。

桃子还期待着义三能用手抚摸一下自己的头。

桃子觉得这是一种义三对自己了解的象征，她会从中得到巨大的满足和放心。

可是，义三却一动不动。

桃子马上变得悲伤起来。

“哟，你们……”

突然出现的母亲不由得一惊。桃子离开义三回过身去。

舅母没有责备他们，但脸上却显露出一种复杂的微笑。义三觉得自己像是吞下了苦味的东西一样。

花染的短外罩

收家具的走了。整个屋里飘荡着一种忧郁伤感的气氛。

诊室里也变得静悄悄的。护士似乎在听着收音机。

义三也无事可做。他在这里的地位颇为尴尬，既不是客人，也不是家里的人。

“听说家里准备春分之前搬家……”

义三向舅舅搭着话。

“对。下雪的季节，离开这块土地容易些。过了这个季节，阳气减少了，患病的人就会从很远的地方来看病。病人多了起来，到时候，就不好不管了。也找不到关门的机会了。”

“我真想早点搬走。这儿又冷又不方便……”

舅母一边说着，一边盯视着义三的黑亮的眼睛。

“义三也看到了那所正在建的医院，也在等着我们呢吧。”

“嗯。”

义三避开舅母的视线，说：

“我帮您收拾行李吧。”

“不用了。你还是陪陪桃子吧。桃子不是邀你去滑雪吗？”

桃子已经穿好了滑雪板，等在那里。

义三走到院子里，耳边响起小提琴的乐曲声。那声音就像铺开了一卷日本人所喜欢的碎白花布一般。

“收音机里的？”

义三抬起头问。

“是我妈。我妈打开唱机了。这是巴托克的乐曲。”

说着，桃子便向白雪晶莹的道路上滑去。

街里很少起伏，路也很窄。走出街镇，山冈与山冈之间，形成了一条缓缓伸延的平缓的雪谷，就像专门设计成的滑雪坡道一样。

远处看去，就像是滑雪板载着桃子在自动急驰，感觉不出任何危险。

义三总是尾随着桃子滑行。

“这种幼儿园式的滑雪道太没意思了。咱们要是早晨起来订个计划，到山上去滑就好了。”

“我的技术可不成。”

“我就是想看看你出丑的样子。”

桃子回过头，面朝着太阳，然后倒在了雪坡上，半个身子被埋在了白雪中，也许是因为看到了这松软清新的白雪，桃子才情不自禁地倒卧在这白雪之中。

义三还没有走到她的身旁，桃子就已经欢快地站起身来，拍掸起头发上沾的白雪。

“桃子，我看你在这儿生活，可能会更幸福。”

“为什么？”

“在东京是不会有这种心情的。”

义三说完，向远方的群山望去。突然，一个雪团打在他的侧脸上。

“你这家伙。”

桃子顺着斜道滑走了。义三的滑雪板也尾随其后追了上去。

“幸福在哪儿都能找到的。来，追上我，捉住我……”

“不对。那个N町，你不是看过了吗？”

“那种乱糟糟的街镇，我最喜欢。”

桃子大声喊道：

“你干吗老在我后面滑。我不干。到我前面来。”

“嗯。可是，咱们该回去了。要不然，你妈会笑话咱们的。”

“那你就一个人回去，我还要再滑一会儿。”

“又使性子。”

“又说我使性子。上回去上野动物园，你就说过这话。”

“你不老实。”

“我老实，就老实。义三才是上空[①]呢。”

“上空。上空是什么空。那天打扫家时，你不就是心不在焉吗？”

“别打岔。我可是认真的，你可不能心不在焉。你和我一块儿玩，可心不在这儿，你在想别的事。你一定有事瞒着我。”

两个人滑滑停停。桃子一个劲儿地央求义三讲讲他得那场“几乎丧命的重病”前后的事情。于是，义三便把他所经历的事情一件一件地讲给了桃子。他告诉桃子，房子的弟弟死了，房子愿意接受桃子的好意到医院工作，可又突然搬走了。他对桃子讲，自己重病好后打算重新考虑一下自己的生存方式，自己很想返回这雪中的

① 参见第35页脚注①。

故乡。

义三平淡地简短地叙述着这一切。可桃子望着义三的脸，却显得十分紧张，充满生气。

“你说的全是真的？可是，那个长着漂亮眼睛的人到哪儿去了呢？”

“我也不知道。”

“我到东京以后，替你去找。”

“算了吧。”

“不，我就要替你去找。”

“你想了些什么会这么说？我真搞不明白。”

“你是不想明白。”

桃子突然做了一个非常漂亮的滑雪姿势，向着归途，一溜烟儿地滑走了。

“不过，我会明白的，用不了多久。”

走进街镇，已是夕阳西下时分。银色的群山已遮掩住了西侧一带。

这天的晚饭吃得很晚。

桃子的母亲要是对某件事情过分投入的话，你就是怎么叫，她也不会中途罢手的。

桃子的母亲在某个角落发现了一个古老的蓝色花瓶，准备送给东京的朋友作礼物。于是，便开始仔细地包装起来。母亲从来不穿和服，可是，她想起了自己喜欢和服的朋友。就这样，吃饭的事便被她忘得一干二净。

桃子一边等着母亲吃晚饭，一边求义三去帮忙叫叫。

“你去叫叫我妈。我叫，她不听。”

“不过，我哥哥他们还等着我呢。”

“那不成，不成。”

桃子拽着义三的袖子，把他带到母亲在的地方。

“妈，义三要空着肚子回去，你快点来啊。”

“是吗？这可是件大事。”

母亲终于放下手，不再包装了。

义三失去了回哥哥家的机会。

在桃子的劝说下，义三还洗了澡。

“这回你就回不去了。要是洗完澡出去着了凉，就要再得感冒的。”

对于桃子试图偎依在自己身边的这种令人怜惜的情感，义三无法拒之不理。另外，它也使义三享受到了家乡的闲适之情。

不过，当他来到西侧的房间，钻进被窝时，还是有一种如释重负的感觉。

在冰冷的被窝里，义三舒展了一下身体。

他想起了自己的少年时代，那时，生活在这里的人们即使在冬闲时节，也是忙忙碌碌的。那时，年长的人们都是不断地找寻工作来做的。女人们转动着纺车，老人们编着粗绳。义三的眼前浮现出那些因劳作而疲惫、因劳作而安心的老人们的面影。

房子也像他们那样在拼命地工作。义三真想见到房子，真想在那个已不见房子家踪影的、医院的庭院里再见到她。

义三站起身来，准备关掉从屋顶上垂落下来的电灯。

就在这时，隔扇门打开了五寸宽。

桃子侧身走了进来。她穿着红条的法兰绒睡衣，上面套着花染的短外罩，肩上披着毛线织的披巾，猛一看，就像个小姑娘一样。

“我睡不着。平时，我睡得要晚得多。睡觉前，我都是要看看书、织织毛线活的。可是，义三你来了以后，我什么也干不下去了。”

桃子站着，又问：

“我不能来聊聊？再待一会儿，困了就走。”

“咱们不是说了好多了吗？”

“你一点儿也没说。”

“明天吧，我困了。”

义三的手仍放在电灯的开关上，说。

“你也休息吧。”

义三关上灯，钻进了被子。他要封住桃子的口，不让她再说出其他撒娇的话。

隔扇门缓缓地关上了。听着桃子孩子般可爱的脚步声逐渐远去，义三心里一阵骚乱。他用力咬住自己的手背，几乎咬出了牙印，以此来抑制自己想紧紧拥抱桃子的欲望。

屋顶上，老鼠在东窜西跳。

手套里

舅母的钢琴声和歌声使义三从睡梦中醒来。他沉醉于这美妙的声音之中，不愿马上离开自己的睡床。

舅母今天也许是厌烦了整理行李的工作，也许是因为天气太冷而中止了整理。

天空灰蒙蒙的，好像又要下雪了。

舅母的歌声停止后，义三洗完脸来到起居室。屋里只有舅舅、舅母。舅母向义三问道：

“桃子呢？”

“不知道，我刚起来……”

义三没有在意舅母的问话，顺手拿起放在舅舅身旁的报纸。

“桃子今天早晨一大早就起来了。喝了牛奶，又吃了面包。后来又给山羊棚里铺上了干草。这是怎么了……”

舅母望了望义三，又说：

“昨天，她还要和你一块吃，等你起床呢。对吧。”

“对。我起晚了，她还笑我来着。”

三个人开始了早餐。

桃子的坐垫上，睡着蜷缩成一团的卢娜。

桃子不在，太寂寞了。

义三原来打算见到桃子后向她告别，然后回车站附近的哥哥家，明天就回东京。他不能不和桃子说一声就走。

“怎么回事儿啊。房间里也没人。”

说着，舅母又走出去一趟。过了一会儿，舅母回来了，担心地说：

“滑雪板不在了。桃子像是出去了。可她会去哪儿呢？”

下午一点半过了，桃子还是没回来。家里开始忙乱起来。

先是给桃子的朋友去电话，她不在朋友家里。又问义三的哥哥，也说没来。

舅母用审视义三的目光，望着义三，说：

“义三，你没对桃子说了什么吧？”

义三吓了一跳。“没有啊。”

“真的？”

舅母似乎有些不相信。

“你们说过这些没有？譬如说咱们是表兄妹，我不想和你结婚一类的话。”

“没有的事儿。”

义三满脸通红，慌忙否认。

“我们根本就没有谈到过这些。”

舅母的眼神缓和了一些。

“桃子没跟你表示要你和她结婚吧？”

义三低垂下头。

“桃子一定是非常的难受。”舅母说，“那孩子虽说是个可爱的梦想家，可也快长成女人了，所以她敏感极了。有什么事，她都会一下感觉到的。”

舅母的敏锐感觉也使义三十分惊讶。

“桃子真是从心里喜欢你。她没有兄弟姐妹，就她孤单单的一个。所以，她整天想的就是你一个人。我也想早点儿把她交到你的手里。”

“可是，我……”

“你是不是让桃子看到了你现在这种欲言又止的样子啦？”

义三一言未发。

“桃子算不上美人。可她心地善良，是个可爱的孩子。”

“是的。这我也清楚。”

说完，义三又坚定地表示：

“我去把她找回来。她是滑雪走的，向街上的人打听一下，肯定有人见过她。”

天上又飘洒起细雪来。

义三穿着滑雪板，心里觉得桃子似乎马上就会从后门走出来吓唬自己。

他穿上滑雪服，从衣袋里掏出蓝色的毛线手套。他的手指刚往里一塞，就碰到了纸一样的东西。于是，他用力一甩。

一张叠成细长条的信纸掉了出来。

义三：

我去东京了。我要是告诉大家，爸爸、妈妈一定不会让我去的。所以，我就悄悄走了。我知道让你们担心很不好，可我想做件好事。具体是什么好事，我先不说。

等你回东京时，我大概已经又回到了这里。零钱我身上带着一些。到了东京，我或者住在麻布那家旅馆，或者借宿你那间空宿舍（我很想在那儿住）。不管住在哪儿，我都会规规矩矩的，不要担心……请你好好和我爸爸、妈妈（特别是我妈妈）讲讲，省得我回去他们骂我，让我为难。

我是你的朋友。我愿意今后永远做你的朋友。你千万别做出厌烦我的样子啊。

桃子

义三惊讶不已。他切身地感受到了桃子的悲哀。

舅母阴沉着脸站在义三的身后。义三不能不让她看。可是，他对舅母怎么解释才好呢。

可以肯定，桃子之所以决定去东京就是为了去寻找房子。她认为这是她能为义三做出的最大的好事情……这大概正是桃子这种富于幻想、处于思春期中的女孩的冒险行动。

"真让人搞不清楚。这'做好事情'是指什么？"

舅母望着义三，眼睛里露出怀疑的神色。

"总而言之，我也马上去东京，去看看桃子。"义三只能这样讲了。

"就这么办吧。见到桃子，要跟她说：你很可爱啊。"

想到桃子惹人喜爱的样子，义三鼻子有些发酸。

舅舅从里面走了出来。义三没敢看他，便向外面雪地滑去。

“绿色大吉”

房子邻居的房屋被拆了。这间很难称做房屋的小房从推倒到清除完毕，也没用半天的时间，尽管还是冬天天短的时候。

伸子三姐妹搬家后的第二天早晨，来了两三个工人，一通敲打，到了中午，那间小屋就成了千叶医院工地的炉中之火了。因为是临时的简陋居所，所以也没有像样子的地基。只剩下一堆垃圾。

房子心里感到极度的不安。

她稍微看了一眼外面燃烧的火堆，便蜷缩着身子坐到了屋里的角落。

搬迁费她已经领了。所以，她觉得自己的小屋子成了工程的障碍。这使她坐立不安。现在，邻居的房子也被拆了，只剩下这一间小屋。孤零零的小屋显得格外凄惨，异常脏污。

和男病后到死去，房子有一个星期没去“绿色大吉”上班。年末的二十八日，她又来到这里。

“绿色大吉”入口的门上贴着招募人员的广告：招募售弹子、服务人员两人，年龄二十五岁以内，女性，待遇从优。

看到广告，房子心里一惊：“我该不是被开除了吧？！”

可是，店里仍然是热闹非凡、买卖兴隆。房子刚一露面，便被安排了紧张的工作。

听到那熟悉的、弹子蹦出的金属声，房子心里更加烦乱了。

她对女老板讲述了弟弟死去，自己成了孤身一人的经过。女老板望着房子，道：

“原来是这样？太可怜了……你瘦了一些。那这样吧，你就住在这儿，晚上也请你帮忙。嗯——给你五千日元。另外，还管你饭。怎么样？条件够好的了吧。你就住二楼的房间。”

正赶上年末新年的旺季，看来房子也是很幸运的。

于是，房子赶紧就把行李搬了过来。总之，她想住在有人的地方。

弹子房的女老板到房子的那间屋里看了看，颇为夸张地皱起眉头：

“那是什么？是骨灰盒吧。这就过年了，把骨灰盒带进来，太不吉利了。你们家没有自己的墓地吗？快点把它埋了吧。要不然，死去的人也升不了天。”

房子慌忙用包袱皮盖住白布裹着的骨灰盒。

房子记得自己曾经和母亲去青山的高树町的寺院扫过墓。也许弟弟死时应该请那所寺院的和尚来为弟弟超度。

“我看你还是把它埋掉后再搬来吧。”

女老板反复地讲了几遍。房子本来打算再回原来的小屋住，可是那房子大概已经被工人拆掉，烤火用了。

“他还是个孩子……”

房子战战兢兢地自语道。

“小孩子的骨灰也是骨灰啊。那你就过了正月初三，送走。你要付埋葬费的，另外，还要给寺院供养费。供养费钱多钱少的无所谓，只是表示你的心意。”

女老板一厢情愿地为房子做了安排，而且还告诉了房子费用的问题。

最近，“绿色大吉”在二楼到三楼之间的地方建了一个突出的平台。在上面安排了一个小乐队。弹子游戏场也扩大了，增加了弹子机的台数。

晚上白天都坐在售弹子台，房子有时觉得心里十分不舒服。

十一点，弹子房停业关门后，老板的长子洋一就围着这一百多台的弹子机转了起来，不断地拨打着弹子，检查机械有无故障。

房子和女老板则用油布擦拭起堆成山的弹子。

工作结束后，房子回到自己的屋里时已是一点左右了。房子困得只想睡觉。

工作紧张，劳动时间过长，房子还可以忍受。她最害怕的是坐在奖品兑换处的洋一的纠缠。据说这个嬉皮笑脸、死缠烂打的洋一是某所大学毕业的。可房子却不相信。

搬来不过三四天，房子便后悔自己不该住到这里来。

她甚至打算埋完骨灰之后就一走了之不再回来。

正月初四，房子小声地对女老板讲：

“去完寺院，我可能要去亲戚家看看。”

房子是在撒谎，她没有可以去转转的亲戚。

房子不习惯一个人外出。她只知道这所街镇的周围，从未到过其他的地方。她对社会一无所知。

得到千叶医院的搬迁费后，房子很想买件大衣，也想买双好些的鞋。但是，她现在更想趁着有钱时，找到一个安静些的、能够放心工作的地方。

房子也有着同龄的女孩的那些梦想。如果条件允许，她也想一边工作一边学学裁剪或者打字。但是，房子现在似乎还没有为此展翅飞翔的力量。

无论是白天，还是晚上，房子心里都在想念着义三。但是，她却不能去主动寻找他。

义三照护自己的弟弟，并和自己为弟弟守夜。每当想到义三的善意和爱情，房子就感到心里暖洋洋的，泪水不由地淌了出来。

义三的房间里有女人在，自己为什么就要跑呢。房子为自己没有再去表示谢意感到十分的不安，觉得自己似乎做了什么坏事情。尽管如此，她仍然远离义三，不敢接近他。

房子的自卑心理十分强烈。她觉得自己什么都没有，而且什么都不会。在那间破烂的小屋里的悲惨生活使房子心胸变得狭窄了。

去不可思议的小城

在寺院里，房子独自一人默默地听着长久不住的念经声。她觉得时间过了很久很久。

当她听到和尚念到母亲或弟弟的俗名、戒名时，一股悲戚、孤寂之情便涌上心头。她用手帕堵住向外流淌的泪水。

房子来寺院之前，觉得一个人来安置骨灰是件十分丢人的事情。但是，寺院的和尚们却觉得并没什么不妥。

走出寺院，房子来到新宿车站，换乘上开往立川的中央线。她准备去福生这座小城看看。邻居姐妹搬到那里时，曾给房子画了一张地图。她现在用的也正是这张地图。

在立川，她又买了张车票，来到青梅线的站台上。在等待电车的到来时，房子产生一种要出远门的感觉。

房子眼前是一块大木牌。上面画着“奥多摩山岳地区”的向导图。

从图上看，福生站离立川有七站。

电车都是三节车厢。每趟电车上都坐着四五个美国人。有一个和房子年龄相仿的女孩吸引住了房子。这个女孩穿着十分花哨刺眼的西装，梳着个叫做“布得尔”的短发。房子知道“布得尔”是一种狗的名字。

在福生下车时，冬天傍晚的阳光已经失去了热量，变得昏暗起来。

秩父、多摩的群山披挂着银装，环绕在街镇的四周。

房子打开那张地图，出了车站向右手走去。走过道口，又拐向了左旁。虽然一下子就找到了清水医院这个地标，但是房子心里仍有些打鼓，便向过路的行人打听了一下。

田地的土冻得硬邦邦的，散发着寒气。里面正在建着房屋。伸子和加奈子借住的花匠的小房子也在这田地之中。

伸子拉开纸门出来迎接房子时，房子立时惊叫了一声，不好意思地脸红了。

不过短短的十天，伸子和加奈子的变化真让房子吃惊。两个人都穿着蓝色的裤子，橘黄色的毛衣。颈部白得发光，眉毛的形状也改变了。也许是因为眉毛的形状的改变，她们的眼睛都显得深凹明亮。加奈子过长的鼻子也变得漂亮了。鲜红的唇部里露出了她那洁白的牙齿。手上那染成了粉红色的指甲也显得十分引人注目。

那刺眼的装束和化妆使房子不敢正眼去看她们。

加奈子站在姐姐后面，亲切地说：

“呵，真是稀客。快上屋里来。够远的吧，没想到吧。冷吧？”

加奈子仍然是那种夹杂着男孩子用语的讲话方式。她那和姐姐同样宽宽的额头上直垂着刘海儿，脸上一副使人过目不忘的表情，就像换了个人似的。

“行吗？”

房子畏畏缩缩地走进屋里，这才发现两姐妹像是刚刚洗完澡。陈旧的榻榻米上摆着红色的铝制浴盆。盆上搭着粉红色的毛巾。盆里的水还没有倒掉。朱红色的梳妆镜前摆着大大小小各种各样的化妆瓶子。

房子所熟悉的只有那条脚炉上的被子了。

“新年好。去年给你们添了不少麻烦。今天我正好休息，就想来看看你们。”

房子刚说完，伸子就快人快语地说道：

“过年好。添麻烦也是互相的嘛。刚才我和加奈子还说到你呢，说小房现在该有多孤单啊。你真是什么时候都那么漂亮。看你那双眼睛，真招人啊。你还是一个人住在那儿？那个善良的未来的医生为什么……”

房子脸上发红，微微笑了笑。

“我也从那儿搬走了。现在住在‘绿色大吉’的二层。好像会给我涨工资。不过，晚上要干到很晚，而且也很乱，我想再找个地方。真没意思。小和在的时候，要是有现在这么多钱就好了。”

“我说，就这点钱，现在可算不了什么。那医院还没建成呢。你不是说要在那儿工作吗？”

“在医院，我觉得怎么也得会些护理一类的工作。可我什么也不会。”

加奈子给房子倒了杯煮开的可可，在白面包上切了块奶酪。

“今晚就住在这儿吧。我们马上就该去歌舞厅上班了，十二点回来。你钻被窝里睡觉吧。我回来叫你。咱们聊上个通宵。我早晨起得晚，没事儿。我给你带些好吃的，汉堡包、三明治。”

房子犹犹豫豫，不知如何作答。伸子也说：

“要不你和我们一块儿去歌舞厅吧。到那儿看看去。我们还不熟呢，也就是跟着人家学呗。不过，那个歌舞厅还是蛮不错的。走，一块儿到街上走走。这儿很有特色的，在日本很少见的。加奈子说我们这儿算是逃离了日本啦。要是在东京的N町，是绝对想象不到的。不过，也挺好的。我们在这儿谁也不认识，习惯也不相同，就像飘浮在自由上空一样。真痛快。房子，你也可以到这儿来，只要你愿意……”

伸子和加奈子就要出门了，可身上却穿着与裤子相配的驼色女式短外套。原来她们的裙服都放在了歌舞厅里。

两姐妹身上穿的毛衣、裤子、短外套都是成套的。由此也可以看得出她们两姐妹现在的生活情感。她们还位于新的生活的入口。不过，房子对此却不甚了解。

出于好奇，房子跟着两姐妹向街上走去。

“福生新町，welcome”，福生町入口的拱形牌子上写着英文的标语。寒冷的北风敲打着标语牌，发出冷寂的声响。

街镇的右侧有两三家旅游纪念品店，店里摆着刺绣着龙、樱花的缎子睡衣，仿造的项链等一类物品。街镇的左侧是一排木建筑，像一排盒子似的。这些木建筑的酒店有的刷成了黄颜色，有的漆成了蓝颜色，有的被涂成了土红色。酒店和酒店之间有一块空地。酒店后面是一望无际的田地，田地的对面是渐渐堕入黑暗中的陡峭的山脉。

在田间小路上，年轻的女人骑着自行车疾驰而去。时而有高级轿车从伸子她们后面开过，顺着坡路向上驶去。

坡上可以看到红色的塔。塔上是樱花造型的霓虹灯。那儿就是伸子、加奈子跳舞的地方，樱桃舞厅。房子心里扑通扑通直跳。

“来跳舞的都是些什么人啊？”

“来的都是军官。”

“没出现过恶心的事儿吧。”

“没有。‘樱桃’的品位还是蛮高的。听说也有的地方挺不地道的。可我们就是陪人家跳舞。九点以后，由东京来的舞蹈演员在台上表演。他们演些特技，还有脱衣舞什么的……”

伸子刚讲完，加奈子又补充道：

“我们只是拿佣金，过不了什么好生活。不过，也能对付着过。怎么样，房子，来福生干吧。”

长相相似的人

“樱桃”的门面也十分排场，入口处建了一个宽大的上下车的高台，像大饭店似的。

门厅正面是衣帽间。衣帽间里垂挂着玫瑰色的天鹅绒窗帘，收拾得干干净净。看来现在还没有到正式营业的时间。

从大厅横穿过去，房子她们向舞女的化妆间走去。大厅的墙壁上有许多燃烧着的壁炉，许多侍者在大厅里忙碌着。他们有的擦着地板，有的在往桌上摆着花，显得生气勃勃。

置身在如此气氛之中，房子显得十分生怯。

“就像到了外国似的。”

“对啊。这儿和N町那种乱糟糟的劲儿大不一样吧。这儿就是一座外国的小小孤岛。”

“我回去了。回去在你们家里等你们。”

“再待会儿，到我们的房间去看看。”

加奈子抓着房子的手腕，说：

“还有时间呢。你要是想回去，我送你一程。”

“要是平时，我们都是从后面的工作人员进出口进出的。今天我们就为了陪你……我们第一次来的时候，也是朋友们陪我们来参观的。”

在写着“女士房间”的房间前，她们碰见一个侍者。加奈子向他打了个招呼。

那个侍者突然直视着房子。房子抬起她那双美丽的眼睛，心里顿时涌起波浪。

这个侍者俊美的面容简直和义三一模一样。

房子无法避开这个青年的大胆而粗野的视线。她也用灼人的眼神望着对方。

侍者用颇有些油滑的腔调问道：

“这孩子是新来的？”

“不是。她是我们的朋友。”伸子答道。

“噢。”侍者鼻子哼了一声，把手指的骨节按得发出响声，转身向对面走去。

房子紧紧地攥着加奈子的手腕，像个孩子似的说：“我要回去。”

“嗯？你怎么啦，突然……行，那咱们就从那儿出去。不过，你可得在我们那儿住啊。”

从单门的舞女进出口来到外面，房子才发现歌舞厅建在这座街镇的最高处。脚下漆黑的田地里吹来猛烈的寒风。从灯光闪烁的街镇驶来的汽车似乎愈来愈多了。奢华的夜晚刚刚拉开大幕。

走到一半，加奈子向房子嘱咐道：

“电灯的开关是上边那个。脚炉里，已经填好了煤球啦，你再加些炭。完了，你就先睡吧。”

房子心不在焉地听着加奈子的话，甚至忘却了自己是在和加奈子一起走路。

回到加奈子她们的房间，坐在脚炉的旁边，房子仍然在为见到一个与义三长相相似的人而激动不已。她为自己的这种内心骚动感到悲哀，感到惊讶。

那座流淌着脏污的河水，到处都是乱糟糟的房屋、显得拥挤不堪的小城，房子不能离开那座义三生活居住的小城，不能离开还可能与义三重逢的那座小城。想到这些，房子觉得心里扑通扑通地跳个不停。

思念之情搅得她心绪不宁。

伸子她们十一点多钟回到了家里。她们比离开家门时显得更加美丽、妖艳、妩媚。

她们为房子带来了夹着牛肉饼的圆面包，还有酸甜的饮料。

伸子一口一口地吸着外国香烟，向房子问道：

“小房，打算来吗？这儿又新建了一所歌舞厅，要招五十名舞女呢。到那儿去也成。”

房子微笑着，没有说话。

“刚才，那个死盯盯地看着小房的侍者，在回家的路上，还让我把你介绍给他呢。他说，你的眼睛真诱人……其实，他也挺诱人的。是个美男子吧。舞女当中，有好几个人都被他勾住了。”

房子脸上不由得浮起红晕。

伸子铺好了床，让房子睡在中间。躺在床上，她们又继续聊了起来，从还不熟悉的歌舞厅的情况、舞客的情况一直谈到她们舞女的交往，还有这座城市。

第二天将近中午，两姐妹把房子送到了街镇上。

这一带新近建起了一些平房。这些小平房的屋檐下，晒挂着十分艳丽的女装，很是引人注目。白日的酒店门窗紧闭着，散落在街路的两旁，颇有些外国小城的味道。

房子站在福生的车站里，心想，回到 N 町后，一定要买件成品大衣。

“再来啊，多保重。有什么困难，就来找我们。我们能过得下去。可别客气啊。”

加奈子说。

坐了很久时间的电车，才到了 N 站。下了车，来到这座声音嘈杂、拥挤不堪的街镇，房子觉得连风都很温暖，心里安稳了许多。

走进“绿色大吉”，女老板的儿子从奖品交换处走了过来，追问道：

“你到哪儿去啦？”

“我去扫墓了。后来，又到朋友家坐了坐。天晚了，就住到人家家里了。”

“女孩子随便住在外面，多让人担心。而且，店里也很忙的。”

“对不起。”

房子刚要去二楼到自己的房间看看，洋一便紧紧地抓住了她的胳膊。

“来，让我看看你的脸。看看你是不是在撒谎。”

洋一抓住房子的下颌，让房子仰起脸来。

房子拨开他的手，从楼梯跑了上去。

她脱掉裙子换上裤子，在毛衣上披了一块毛线的围巾，下楼坐在弹子销售台里。

东京的雪

那天，从早晨起天就阴沉沉的，冬天的第一场雪似乎就要降落在东京的大地上。

但是，圆筒似的玻璃柜台里却并不很冷。尽管里面只有一个小火盆。

销售台上的牌子清楚地写着“弹子概不赊售”，可仍有些熟客要赊借二三十颗的弹子。正当房子望着身上背着孩子、刚刚购物归来的妇女叮叮当当地敲打弹子的样子时，盲女按摩师走了进来。房子接过她递过来的钱，手指尖轻轻地碰到了她的手上。

“哟，房子回来了吧，太好了。你一不在，我老打不出弹子。”

瞎子的第六感真让房子惊叹。这个按摩女就是凭借这手指的触觉，成为打弹子的名手。

四点左右是店里客人最多的时候。当房子走出玻璃“塔”去替班吃晚饭时，客人一下子就少了许多。

天上飘起了雪花。

房子吃完饭又替下了弹子出售台的少女。少女下班离去时，留给房子一本新年号的电影杂志，说：

“今天晚上事儿少。”

店里像浪潮过后一般，显得十分冷清。房子松了一口气，呆呆地翻看起杂志上的照片。

房子忽然觉得眼前有人站着。她抬起脸来一看，原来是一个穿着红色滑雪服的少女。少女可爱的形象紧紧地吸引住了房子。少女身上与白雪截然相反的色彩使房子觉得自己看到的简直就是雪中的精灵。

她是要去滑雪呢，还是和人在这里见面呢？房子等着少女伸过手来买弹子。可是，少女毫无买弹子的意思，只是目不转睛地盯视着房子。她那倾注着全部心思的热切的目光使房子感到一种说不出缘由的紧张。

少女从手袋里取出笔记本，开始写起来。然后把那张纸从笔记本上撕下来，连同金黄色的小巧的自动铅笔从小窗口递了进来。房子心里一惊，难道她是哑巴？

我叫桃子，是千叶医院的。我想跟你谈一下栗田的事情。您能稍微出来一下吗？我们一块儿坐坐。

房子看完纸条，脸上浮现红晕，抬起头看了看那个少女。然后，便把笔记本直接从小窗户递了出来，说了一句：

“我过去。”

房子关上小窗户，锁上小门，拿着钱箱来到了奖品交换处。幸好洋一不在，只有刚刚梳完头的老板娘坐在那里。

“老板，我有熟人来了。我想到外面去一下。”

房子的声音有些发抖。女老板接过钱箱和钥匙，慢悠悠地说：

“行啊，去吧。”

房子稍稍整了整头发，穿上短外套，向站在入口处望着外面的桃子身后走去。

桃子没有打伞。白雪落在她的毛线织的帽子上，一会儿便融化了。房子打开黑布伞，给桃子遮住雪。

“不用了。我穿着防雪服呢……你身上打湿了，要冷的。”

穿着红拖鞋的房子听到这关切的话语，顿时觉得脸上发热。同时，她也感受到桃子的纯真的善意。

“我只知道那边有家中国菜馆。您知道还有什么地方吗？”

桃子回过头来问。房子摇摇头。房子在这座舒适的街镇虽然已住了许久，但是她却从未去过茶室和荞麦面馆。

“这家中国菜馆还是义三带我来的呢。那次，我看到过您一次，印象挺深的。您大概不知道吧。”

桃子说着，打开了门。门上挂着红色的短布帘。

面对面地坐在黄色桌子两旁后，桃子看着房子，说：

“我真没想到会这么快、这么容易就找到了你。我原来打算当个大侦探的。义三说，也不知道您躲到什么地方去了。您不知道义三去找过您吧？”

“什么时候？我不知道。”

“您外出了吧？”

“到外面去了两天。”

“义三去找你，也就在这两天。”

桃子自言自语地说。她刚想要再说些什么，却又咽了下去。过了一会儿，桃子又道：

“我和义三是表兄妹，表兄妹啊。义三去年年末得了场病，前天才回到了信州，为找不到你，伤心极了。还整天地嫌我烦……你哪儿也不要去了，就在这儿等着义三，好吗？我觉得这是最好的一件事。”

桃子用手指反复地摆弄着火柴盒，可爱的眼睛温情地望着房子。

房子觉得脸上、心里有些发热，就像燃起了一团火。

“那，他现在在哪儿呢？”

“大概已经快要到东京来了吧。你用不了多久就会见到他的。”

“您怎么办呢？”

“我是来找你的。找到你，我就回去。不过，我家的医院用不了多久就要搬过来啦。其实，你就是住在原来的地方也没关系的。现在，你的那间房子也没了吧。听说就你一个人了。”

房子点点头，望着桃子的眼睛。桃子的眼睛也同样放着灼人的光，也同样能使房子感到她那炽热的感情。

“你哪儿也不要去，就在这儿等着义三。要不然，我就白找你来了，我就显得太滑稽可笑了。”

桃子一个劲儿地叮嘱房子。

“我肚子饿了。你也吃点儿吧。”

房子这才发现自己手心上全是汗水。她想表示一下感谢，但又找不到合适的词。她真想大声哭出来。

在上野站

义三在车站前的家里等火车，等了将近一个小时。

母亲听义三说马上就要回东京，显得颇为惊慌。

“真让人吃惊啊。说来就来，说走就走吗？”

“在千叶家就住了两个晚上。在咱家一晚上也不住啊。”

“有急事嘛。”

“真想让你在家里住上一晚。刚到家，你就让千叶的桃子给领走了……”

母亲神情孤寂地望着义三。

“有急事，这也是没办法嘛。”

桃子的事也不好告诉母亲。义三倒不是要瞒着她，只是不知应该怎么对母亲讲。义三觉得这事很难对母亲讲得清楚。而且，他也不想和母亲去做任何的解释。因为连他本身也未必就实实在在地明白桃子的内心。

“是不是东京来电话了，说是有急诊病人？”

母亲问道。

“我还不是医生呢。”

“可是，你在医院不是也看病人吗？”

“我那是帮忙，是实习。”义三不耐烦地答道。

最近经自己手医治的病人也只有房子的弟弟和男。可是，那孩子却死在自己手里了。

当然，那病是小儿科主任看的，死亡诊断书是医院的医生写的。可是，到房子的小屋试图去挽救那个小弟弟生命的却是自己。所以，义三总觉得是自己使病人丧失了生命。也许，这是因为自己爱着房子的缘故。

“桃子不来送你吗？”

母亲有些不解地问。

“啊，这么大的雪。”

“不对啊。她来接你时，雪下得比这会儿还要大。她可是每天都去站上接你的。”

“可是……”

“你是不是和桃子闹别扭了？”

“没那么回事。”义三模棱两可地答道。

现在，义三唯一的希望就是希望桃子能够住在他的房间里。一想到桃子有可能徘徊在街头，义三心里就觉得很不是滋味。

桃子在今天早晨留在手套里的那封信里写着：“别再嫌我烦了。”可是，义三昨天晚上绝对没有将“嫌桃子烦”的想法表露在神情上。然而，桃子却是这样理解的。这对桃子少女的情感该是多么大的伤害啊。

桃子为了义三独自跑到东京去寻找房子。她也许正是要用这种果断的行动来自己医治受到的创伤，但是，义三却不愿意让桃子这样做。

就算桃子是出自于单纯的善意，可是她找到房子后，房子还有可能再次逃离义三。这是义三最为担心的。

火车在雪中疾驶。天黑了，高崎也过了，可雪仍然在不停地下着。

“看样子，东京也在下雪呢。”

义三低语道。他很为桃子担心，也不知桃子在这纷飞大雪之中干什么呢。他想，桃子离家出走或许也是为了不让自己看到她那悲戚的面容。

义三到达上野车站已是晚上近十一点了。他只想赶快见到桃子，慰藉自己内心的不安。下车后，义三急忙去寻找公用电话。

他先给自己的公寓打了电话，可是桃子没有去那里。他翻开电话簿，找到位于麻布的江之村旅馆的电话后，便拨动了电话机的数字盘。自动式电话的通话信号刚落，义三就急切地道：

“喂，喂……”

“是义三吗？”

没想到话筒里传出的是桃子的声音。

“嗳？”

义三高兴地道：

“你耳朵真灵。真让人吃惊。”

“你现在在哪儿？上野吗？”

“……”

“在上野吧。是刚刚到的吧。”

“嗯……”

义三说不出话，心里很是纳闷。这电话是旅馆的，可为什么还没等有人去转，桃子就一下子接到了呢？难道是桃子已经和服务台说好了，来了公用电话，就马上转到桃子的房间？或许是桃子一直在服务台的交换机前等着自己的电话？

“我猜得准吧？”

“嗯。你的第六感就是这样。”

“那是。这是我的直觉。”

“总而言之，我是放心了。”

“刚才，我刚给家里去了电话。”

“家里？是长野的？”

“对啊。”

“挨说了吧？”

“跟挨说差不多。我现在正和这家的人玩呢。”

“你可真是无忧无虑啊。你往东京这么一跑，我们可是担心极了。”

“我真高兴。”

桃子说完，停顿了一下，又道：

“我可不是无忧无虑。因为我来东京的目的已经达到了……我的任务也就完成了……”

义三不由一惊。

“我见到她了。她说她就住在那家弹子店的二层里。你去她们店里的时候，她碰巧没在家。你把她想复杂了。”

桃子那颇似大人样的语调，让义三觉得脸上发热。原来房子就在那儿啊。

“我劝她到爸爸的医院去工作来的。对她啊，你总是心不在焉，瞎操心。”

桃子像个大人似的数落起义三来。桃子的这种语调使义三觉得桃子贴近了自己。他心头不由一热，觉得桃子真是太可爱了。

“那，我马上就去你那儿。”义三刚要挂电话。

桃子便像个孩子似的说：“不行，不行嘛。”

义三仿佛看到了桃子边说边摇头的样子。

“你可不能来啊。你不用来。”

“为什么？”

“你一下车就给我来了电话，我就挺高兴的。这是我最近最高兴的事情。”

桃子的声音听起来，的确显得十分高兴，格外兴奋。义三转念想到，这么晚了，到旅店去看女孩，而且又要住在那里，确实不够稳妥。

“那，我明天早晨去吧。我跟舅妈说好了，一定要见到你。”

义三想起了舅妈要求自己说的话：跟桃子说她挺可爱的。

“你可别来啊。”

“所以，我明天早晨……”

“我明天一大早就回去。学校要开学了。你和我妈的约定，甭管它。”

桃子认真地说着。

义三也略为轻松地开玩笑道：

“不寂寞吗？”

“寂寞啊。所以，我才睡到这家人的房间里了嘛。”

“噢。”

“还在下雪吧，好安静……一点儿也不像在东京。”

桃子还不想挂上电话。可义三却觉得外面似乎有人在等着打电话。

“总而言之，晚安。”

“我可不愿意听你这个‘总而言之’。”

“晚安。”

“下次咱们用不了多久就可以见面啦。另外，你明天去看看她……”

桃子欲言又止，只说了一句：

“晚安。”

短发

义三走出电话亭，快步登上了山手线的电车。从时间上看，现在他好像赶不上私营电车了。私营电车的末班车很早就没有了。

东京，雪也下得很大。大概已经有十厘米厚了。白雪反射出的高堂堂的感觉在东京十分鲜见。

私营电车的末班车里乘客也很多。等了好久，直到从国铁电车下来的人们把车厢填得满满的以后，车才离站驶去。到 N 站时，车厢里已经松快了许多。在 N 站下车的人寥寥无几。当乘坐后面一节的义三走出车门时，检票的站务员已不见踪影，外面一片漆黑，静静飘雪的夜晚。

一条白色的道路。道路两侧是早已关门闭户的商店。娱乐中心一带也变得寂静无声。

义三站在“绿色大吉”门前，仰头向上望了望。霓虹灯虽然已经熄灭，但二层楼上的灯光仍然通明。房子就在那里。

要是房子也像刚才接电话的桃子那样具有敏锐的直觉，要是房子也在等待着义三，那么，现在二层的窗户将会打开。不过，义三却不能高声呼唤房子。

桃子说见到了房子，她们两个人究竟说了些什么呢？义三脸上突然浮现出微笑。但是，也许现在还不该微笑。

义三一边走着，一边不断地回头望望“绿色大吉”。他没有带伞，便用手把大衣的领子往里拢了拢。

“咚”的一声，有人撞在义三身上。义三往旁边躲了一下身子，站住了。

“干什么呢！小心点！”

“对不起。”

义三说。他这才发现原来这里是平时摆算命的桌子的地方。三四个穿着运动衣的年轻人围站在他的面前。

“拦路抢劫”，义三脑子里闪现出这种感觉。他马上想到，要设法摆脱他们。

“喂，你小子，晕晕乎乎地光顾看‘绿色大吉’二层，连撞上人都不顾，干什么呢？那二层上住着什么漂亮的美人呢？”

刚才撞义三的家伙纠缠道。

义三听说过，这条站前的繁华街道上有些小流氓，巡警常常抓他们。不过，在没人看着的时候，他们还是要找碴敲诈过路人的。

年轻人逼了过来，大概是想把义三带进窄胡同里。义三主动先走了几步，做出拐进胡同里的样子，然后又一转身，一溜烟地跑走了。

那几个年轻人稀稀拉拉地在后面追了起来，不过，路滑难行，一会儿，他们就落在了后面。

“走雪路，我可是擅长的。从小时候就成。”

义三笑出了声音。

明天早晨，要是把这件事告诉给桃子，桃子一定会高兴的。

可是，义三睡过头了。外面传来了雪融化后降雨般的滴水声。

阳光照射之下，街镇变得明亮嘈杂起来。

义三给江之村挂了个电话。但桃子已经离开了旅馆。

“糟了。”

义三自语道。他十分后悔，似乎自己还是缺少诚意。

就算自己能够赶上早晨的头班电车，恐怕桃子现在也已经上了火车啦。和特意赶到东京来寻找房子的桃子比较起来，义三觉得放心大胆睡懒觉的自己，的确不如桃子具有诚意。

义三琢磨着是不是要给桃子的母亲去个电话。可他一想到桃子的母亲准备把桃子交给自己，又变得犹豫不决了。

义三到医院去上班时，心情十分孤独、寂寥。实习医生的生活到这个月就要结束了。他想认真学习学习，将这段实习做个总结。反正在五月份的考试之前，日子不会好过的。

医院病人依然很多。来来往往的病人进进出出，显得颇为杂乱。

新年过后第一次见面的伙伴们不断地问候着义三。

“新年好！”

“听说你得肺炎了。”

民子也在。她仍像往常一样，短发梳洗得干净利索，和身上的白大褂十分协调。民子身上已经看不出学生的味道，完全像个熟练的医生了。看到义三，民子干得更欢了，也更像个女医生了。

“过完年，你一下子就派头十足了。像个医生的样子了。”

义三很随便地说道。民子爱答不理地说：

“对啊。女人什么都能干成。像医生的样子……”

“像样子，不好吗？”

“我早就听够‘像样子’的说法了。也许就是因为照看你，才让我像个医生的样子了。”

“那才不像医生呢。”义三想到这点，不知该如何作答。

也许是因为休假、患病，过分放松的缘故，义三穿上白大褂，作为主任的助手开始为病人医治病患时，总感到有些畏怯，就像小孩子怯场一样。

民子刚才那一本正经的样子也搅得义三有些心神不安。

义三走进了检验室。

这间小屋里放置的烧瓶、试管、酒精和石炭酸的味道、染色液体的色彩使义三的心情平静了许多。

明亮的玻璃窗前排着一张实验台。义三坐在实验台前。

一切都像往常一样，液体煮沸时发出的声响、记录时间的秒表走动的声音、年轻的护士交谈的话语……

义三并非特别喜欢做实验。他只是觉得与其在文字上学习临床的各种检验方法，倒不如到检验室去看看、摸摸，这样要更实在，更容易记住。

如果自己没有通过国家考试，那就还要再接受舅舅一年的资助。这对义三来讲，是难以忍受的。他说什么也要通过这次考试。

就算没有桃子的事情，义三也不打算在舅舅的医院工作。虽说这里是东京，可在这一片居住的多是平民百姓。舅舅要在这里建一座小资产阶级情趣的医院，这使义三很是反感。

义三身后传来了民子的声音。

“不是细菌，是蛋白。”

民子对护士说道。然后，她又向义三问：

“您什么时候回来的？”

就凭这一句话，义三便察觉到民子一直在想着自己。那语调和刚才判若两人。

义三回转头去，抬头望着民子。

“昨天晚上。”

“够快的嘛。我还以为你要多住些日子呢。乡下那么安静，可以好好学习吧。”

“我这人，一放松就不成。不在东京……”

“豆年糕的礼物怎么样啦？”

“哟。”义三突然想起来了。“我给忘了。我出门时慌慌张张的……不过，平常的年糕，我倒是带了一点。”

“没有诚意，才忘了的。”

这次是民子提出了诚意的问题。

“自己的家，干吗要那么慌慌张张地离开呢。你不是要看家乡的雪吗？不是为了它才生过病还硬撑着回去的吗？”

义三没有回答。民子换了个话题。

“我查到去年考试的题目了。对你有参考作用吧。待会儿，我给你。”

“噢。”

义三站起身来，说：

“一块儿吃午饭去？”

到了食堂，民子又继续谈起考试的事情。

“二、三、四，还有三个月。想到这件事，到底是女人胆小，就害怕。”

“民子小姐也这样，我不信。像我，是不能再考一次了。一想到这点，我就烦得很……”

"这是最后一次考试了。想起来，从小学到现在，我们经受了多少次考试的折磨了。现在实行了实习医生制度，平白无故又加了一次考试。我们当然讨厌这实习医生制度啦。这里倒没有人为这事闹。可是，有的医院，有不少学生都反对这项制度，在闹呢。"

"唉，要是就根据及格、不及格来定胜负，那还凑合。可是，这次考完了，还有不少没完没了的考试。而且，考题、检考官，还有考试的时间都不清楚。"

牙科的实习医生原又像往常一样在饭后的闲聊里，插科打诨，引逗得大家笑个不停。原的说话声也传到了义三他们那里。

原和义三、民子同年，也是二十三，可看起来却像三十岁。他选择了牙科，大概是因为他天生心灵手巧。而且，他干什么都干得很漂亮。特别是在赌博一类的事上，他的运气更强。麻将、赛马、赛车等，他都真干，而且屡屡获胜。听说他还买了些股票。他的这些热闹的举动，很难让人觉得他是个学生。

他性情开朗。但是，在他那冷漠的眼神和透着讽刺意味的口形上却有着颓废的美，使人难以捉摸出他的真实年龄。原的喋喋不休的话语里显露着他活泼的机智和丰富的知识，形成了吸引众人的魅力。原可以说无所不知。

"原，打弹子怎么样？"

有人向他问起弹子的事情。

"弹子？这玩意儿虽然低俗、无聊，可是却有些难度。因为是店里的人调节机器嘛。譬如说，今天弹子出得多的机器，明天就会一个也不出。别人打起来老出弹子的机器，可又不一定适合自己的手劲儿。所以，还是去机器多的店好。到这种店去，你抓住偶然的机会，准确地说发现偶然的必然的机会就多。”

“所以，你就常去‘绿色大吉’啦？”

“那儿的售弹子台有个女孩，特别漂亮。其实，弹子出得越少，买弹子的机会就越多嘛。”

原仰面大笑起来。

“那个孩子要是来治个牙什么的就好了。可惜啊，她那口牙漂亮极了。大概连颗虫牙都没有。”

听到讲起房子，义三不由地看了看原。

“他挺有意思的。当个医生有点可惜。”

民子向义三低语道。

“不对，这种人善于社交，当个医生也同样会成功的。手又巧，别说矫正牙，就是做个眼睛的整形，做个高鼻梁什么的，一样行。也许还会成为美容医学的大家呢。”

食堂的黑板上写着本月的研究会、讲座的日程。这些活动是为那些准备考试不再上班的实习医生安排的。义三看了看上面写的日程。民子也瞥了一眼，但没有放在心上。

“最近这段，我回到家打算学习学习，可就是学不下去。正觉着无聊呢，我嫂子又来拉我打麻将。她刚学会不久。而且，我哥不是老不在家嘛。没办法，只好陪着她玩。玩麻将时可以什么也不想。结果呢，以后三次里就有一次是我邀她玩。”

“民子小姐也有这种时候？”

义三垂下头低语道。他从来没见到民子这样无精打采。义三觉得自己不但伤害了桃子，而且也伤害了民子。

“我一直觉得你是个办事认真、周到、有板有眼的人，对你十分佩服的。”

“你这么看？那是假象，装的。我羡慕男人。当个女人真没意思。”

民子的眼角透露出一丝羞涩。

“我只有一个星期，觉得生为女人太好了。”

她鼓足勇气说完这句话，便离开义三走了。

义三在下班之前，悄悄地找了找民子。但是，没有找到。

但愿永不结束

义三走上公寓的二层楼时，发现房子站在走廊里，紧紧靠着自己房间的墙壁。

“啊。”

房子那双认真的眼睛像利剑一样刺透了义三的内心。

“让您受惊了？真对不起。”

房子满脸通红，几乎要哭了出来。

“没，没有啊。”

义三心里怦怦直跳。

“没想到你会来。”

“对不起。我一直也没来向您道谢。”

“没，没关系。我本来想去看你的，却让你来了……”

义三脸上露出喜悦的神色。

“雪这么大。别站在楼道里，天这么冷。你进屋等多好啊。”

房子轻轻地摇了摇头。

义三硬是把房子推进屋里后，出门去要火种。

“我来客人了。饭过会儿再吃……”

义三话音刚落，管理人的妻子便问：

“来客人了？她什么时候来的？”

义三把火引放进圆形的陶火盆里，又加了些炭。房子望着义三的动作，说：

“看来，我比你会一些。”

说着，便夺过义三手里的火筷子。

“你点火的技术高吗？”

“那是啊。我是女的嘛。”

房子身子俯在火盆上，看不出一点遭遇不幸的样子。她显得愉快而且富有温情。

“刚才不冷吗？你一直在等我？”

义三温柔地问道。

“不，不冷。我去洗澡刚回来。晚上不好出门。所以，我就顺路来看看。”

房子头发稍有些长。她把头发从发际处拢起，随便地扎了起来。脸上没有施粉抹红，显露出她朴素自然的美。

房子侧着脸，轻轻地吹着火，就像在吹燃幸福之火似的。她吹动火时，好看的耳朵也好像随之欢快地喘息着。她鼓起的圆润的嘴唇显得那么可爱，引逗得义三心里直发痒。

桃子和民子使义三做出消极的反省，产生自虐的悔恨，陷入悲观懊恼。此时，他变得充实乐观，对未来充满自信。对于这平常的考试，自己有什么可害怕的呢。

但是，义三却找不出合适的话语向房子诉说。

房子松了口气，说：

“昨天晚上，我见到了那位叫桃子的小姐了……我觉得真是不敢当。为什么那位小姐会对我说那些话呢，我实在不明白。”

房子的脸下，炭火一蹿一蹿似的燃烧了起来。房子抬起了头。义三借着炭火点燃了烟。

“那位小姐为什么要从那么远的地方来找我呢？”

“她是我的表妹。她是为我来的。”

“为什么呢？”

房子把洗浴后的手伸在火盆上暖烤着。看她那神情，显得毫无局促，十分安心。

“求我舅舅让你在医院上班的，就是桃子啊。”

“让我？对，她还说，我住在原来的地方一点事儿也没有。”

“是啊，你本来用不着搬家的。”

“我搬到这店里以后，尽碰上些别扭事。”

“我去找过你一次，可是当时，你的屋子已经没了。真让我吃了一惊。”

“只剩下我一个人了，我太孤单了嘛。另外，我觉得要是求您舅舅关照，对您不好。那么好的医院，我也受用不起……”

义三点点头。

“我搬家之前，曾经壮着胆子来找过您。可是，您正在休息，而且还有别的人……”

房子显得紧张起来。

“我是得病了，感冒了。和你弟弟的病一样。”

“真的？那是小和传染给你的吧？”

“不是。你对那个‘别的人’什么也没有说，就回去了？”

房子脸红了。

“嗯，我没说……”

“你真傻……”

说着，义三轻轻地拍了拍房子的手，并就势把房子揽了过来。

“别，别……”

房子嘴里拒绝着，但身体却酥软地依偎在义三的胸前。

义三想起了那次患病时的情景。立时，他与房子之间的隔阂消融了。他在高烧昏睡中想要见的那个女孩就在自己的眼前。

民子就是房子所讲的那个“别的人”。当民子走进义三的房间时，义三在梦中呼喊的“我正等着你呢”的“你”并不是民子，而是房子。义三在昏睡中一直在盼望着房子的到来。

“我一直在等你呢。”

义三现在又重复了这句话。在他的臂弯中，房子实实在在地存在着。

房子想要回去，刚一站起身，便踉跄地几乎摔倒。义三用手扶住她，说：

“我送你回去吧。”

“不成。你可不能去那儿。那儿的人不好。你要是去送我，被他们看到了，他们肯定会说难听话的。”

义三想起来了昨天晚上看过房子所在的二层后，被流氓纠缠的事。

“大夫，您能不能让我看看那个镜子。”

房子说。

“干什么？”

“我想看看自己现在是什么样子。我觉得自己现在像是在小的时候。”

房子说着，拿起镜子照着自己的眼睛、嘴唇。望着房子，义三不由地更生出怜惜之情。

义三又吻了一下右手拿着小圆镜的房子。

“我是学生。别再叫我大夫了。”

“嗯。”

房子又依偎在义三的怀里。

“我走了。我还来的。可以来吧？”

房子离开义三，站起身来。她不知又想起了什么，撩开了短外套的胸襟。

“这是我今天刚穿的。也不知我穿着合适不合适？”

短外套里穿着淡红色的毛衣。

“这颜色真漂亮。”

“是吗。对了，我还有件事儿想求您办。”

“什么事？”

“这个，我想请您替我保存一下。”

房子从口袋取出一个十分光滑的尼龙钱包，放在了义三的手上。“这对我来讲很重要的。不过，放在我这里，容易浪费掉的。我挺不放心的。”

“是钱吧。还不少嘛。”

义三对房子的这种表达爱的方式感到惊讶。

义三的公寓看不见了。房子用手轻轻按住嘴唇向前走着。为了不使被义三吻过的痕迹受到晚上寒风的侵袭，房子又将唇部贴在自己的手指肚上，轻轻地移动着。刚才的情景又重现在她的眼前。

在那间屋里要多待会儿就好了。自己为什么要走呢。她真想留在义三的身边，永远没有结束。可是，她又觉得自己这样想丢人，不安。

房子从街里走过的时候，像在梦幻之中似的。她连“绿色大吉”的女老板从美容院里看着自己都没发现。女老板刚刚整好头发，正在照着服务人员举着的小镜看发型。镜子里映出了从灯火通明的街道中走来的房子。

女老板咂着舌头道：“这澡洗的时间也够长的啊。”她转念又想：对了。让这女孩去买双布袜子吧。另外，酱也没有了。

美容院的老板娘向“绿色大吉”的女老板恭维地说：

“听说您这次在T市也开了个店。”

“对，今天刚开店。所以，我一会儿就出门。今天晚上就住在那儿。”

“买卖兴隆，好啊。您两边都管，一定很忙吧。”

“这边儿，我准备让儿子管。他干得挺来劲儿的，我不在也没关系……”

“我说，您的二楼能不能借给我啊……”

“那可不成。我下面的房间很小。所以，有好多东西都要放在二楼。另外，我还收留了一个无依无靠的女孩，让她住在上面。那姑娘前一段时间还接受救济呢。现在在我那儿干呢。”

“就是那个长着双漂亮眼睛的美人……”

“对，就是……”

“您这是助人行善啊。”

“听说从新制学校毕业的，就算具有就业能力了，也就享受不到救济了。其实，她们哪有那个能力啊。让这么小的人去养活一家子，根本就不成。所以，有的就自杀了，有的就当了应召女郎啦。”

“这么说，您那二楼我就借不成了。那地方多好啊，而且以前就是美容院。”

“你自己建一座多好啊。现在能借到国库的钱，建座好房子，那是没问题的。”

“我倒是申请了。可就是老轮不上咱。”

这条街上，新改建的房子很多。这座美容院名义上是个美容院，实际上是个破破烂烂的简易房子。唯一好的地方就在于这房子便宜。老板娘很早以前就在琢磨着“绿色大吉”的房子呢。

女老板回到店里，把房子数落了一顿。可房子却毫不理会。等女老板吩咐她去办事时，房子更放心下来，出门后不久，她便消失在街里拥挤的人流之中。

“客人那么多，您还让入口的出售台空着，那哪儿成啊。”

女老板的儿子对女老板吼着。

“我让她给我买布袜子去了。我要去参加 T 市的开店仪式嘛。记着，我今天晚上不在家，你可要注意关门、防火啊。”

“你真够烦人的。”

儿子瞥了母亲一眼。

夜晚的恐惧

晚上十一点，“绿色大吉”正门的玻璃门关上了一半，并拉上了窗帘。看到这个信号，客人们陆陆续续地走了。店里一天最为空闲的时间也到了。

要是小的弹子店，在店里工作的人这时就可以去休息了，第二天早晨再做开门的准备工作也不迟。可在“绿色大吉”，所有的工作人员都要收拾完自己负责的那一摊才能回去。

女老板的儿子洋一在店里四处走着检查弹子机。

他走到那些当天弹子出得多的，还有那些不出弹子的机器前，亲手拨打弹子，检查故障，调整机器。

洋一拨打弹子的技术熟练、快捷、精湛，很不一般。这时的洋一看起来好像变了一个人似的。

在店里，只听到他一个人拨打弹子机的声响，还有弹子的撞击声，声音显得格外响。

留在后面，正在擦拭弹子的游戏管理员随口说道：

“弹子出得真来劲儿，多痛快。这要是到别的店里去捞钱，该捞多少啊。”

“都是同行，怎么能坏人家的生意呢。不过，话又说回来了，别的店也不见得能出那么多。咱们店的机器，每天都经他的手，在他手里就像个活物似的。这机器就跟自己的用人一样。”

“就像我们一样？”

“机器比人更听话。那位可是调整机器的好手。他每天都在观察客人的神色，根据客人的表情把机器调整得恰到好处。”

“能调得那么合适吗？就算机器调得好，可客人水平低，那弹子也出不来啊。”

“就要到确定税金的时候了。咱们女老板跟少爷嘀咕过，说是过了年，就让机器少出些弹子。”

游戏管理员正聊着，房子走到她们的近旁，说：

“我来帮帮你们。”

“真够冷的。手指头都冻得发疼。白天暖和，这晚上就冷。”

游戏管理员中的一个说着，抬头看了看房子，说：

“我说，小房，你这脸上显得真暖和啊。还有你这眼睛，就像燃着一团火。”

房子垂下眼睛。

“那么高兴，有什么好事？”

弹子擦完了，管理游戏机的姑娘们离店回家了。房子锁上入口处的玻璃门，又关上了外面的电灯。

“你把后门也关上，然后，给我烧壶茶来。”

洋一向房子吩咐道，他仍在拨打着弹子。

“老板……还没回来呢。”

“不回来了。”

房子心里不由一惊，不解地问：

“为什么？”

“不回来了。今天晚上。”

洋一板着面孔，语气生硬地说。

“后门也关？”

房子胆怯地问。

“这还用问吗？我妈走时说了，要注意关门。”

“老板去哪儿了？”

“去参加 T 市的新店的开业仪式了。今天就住那儿的店里了。”

房子知道准备在 T 市开个新店，但却没想到就在今天。房子心里充满不安、恐惧，感到胸口憋闷。

究竟为什么不安，为什么恐惧，房子并不清楚。不过，她却本能地感到畏惧，异常的畏惧。她打心里厌恶和洋一单独过夜，熬到黎明。她自己忍受不了，而且觉得为了义三，自己也不应该这样。

“干什么呢？干完了，咱们一块喝茶。”

洋一回过头，向房子道：

“天这么冷，咱们一块儿吃碗中国面条吧。叉烧馄饨怎么样？”

洋一说着，往房子身边走了五六步。房子皱着眉，瞪着洋一。

洋一有些害怕地说：

“你这眼睛真够吓人的。就像在凝神沉思，在祈祷什么似的。”

洋一转过脸去，用手拨弄起旁边的机器。弹子哗啦啦地流了出来。

房子转身走进厨房，端起洗涤槽角堆得高高的茶叶渣，向外面的垃圾堆走去。外面已是满天星斗了。

房子默默地站了一会儿，听着洋一拨打弹子的声音。然后，她从外面轻轻地掩上后门，用手整了整额上的头发，便轻手轻脚地离开了后门。房子顺着小胡同沿着房檐小跑着隐没在黑暗之中。

十二点的宿舍

义三的宿舍住的全是学生。新的学期刚刚开始，宿舍里荡漾着轻松的气氛。

洗麻将牌的声音，单调的单簧管的吹奏声，年轻女人的笑声……

房子走了以后，义三很晚才吃晚饭。吃饭时，他不知道自己吃了些什么，也吃不出饭的味道。饭后，学习也学不下去，看借来的小说，也看不进去。

他真想到街上到处乱转转，也真想和某个人聊上个通宵。不过，他只是默默地坐在那里。

他的膝盖上放着房子的尼龙钱包。

"里面装着多少钱呢？"

房子把钱交给他保管，却没有告诉他具体的数额。义三也没有问具体的数额。这事儿说起来也够怪的。

义三极想数数这笔钱，但又感到不妥。他觉得这种想法是对两个人的相互信任的亵渎。

如果从保存、被保存的关系看，不了解钱的数额，确实不可思议。但是考虑到房子和义三的关系，这正是一种不可思议的爱的表达。尽管房子是仓促拿出来的，义三也是慌忙拿到的。

“这就是她失去屋子换来的代价。虽说那屋子是个简易小房。”

义三觉得无家可归的房子仿佛变成了尼龙钱包坐在自己的膝上，他连续吸了好几支烟。

外面传来了敲门的声音。比义三低一年级的医大的学生走了进来。

“行吗？稍微打扰您一下……”

“请。”

义三高兴地把他让进屋内。他正想找个说话的伴儿呢。

这个学生不久也要像义三那样去当实习医生的。他们是一个大学的学生。这个学生经常来义三这里闲聊。

“好久没见了。”

“去年年末，我得了一场病。后来，我又回了几天家。”

“马上就该准备考试了吗？”

“是这么回事。可我这个人，医院的工作不结束，就进入不了状态。其实，这也是个借口。”

“很快就该放假了吧。多好啊。”

“其实也就多了点儿不用被点名的自由。”

“实习医生，您就在这所医院？”

“这所医院，什么科都有。除了精神科。我在内科待的时间最长。过几天，我准备去M医院的精神科当住院医。那儿的事儿完了，就该放假了。”

“实习医生的实习计划一开始就是定好的吗？”

“一般而言，是定好的。哪所学校的学生都一样，都要像走马灯似的转上一遍。有的人一开始去精神病科。也有的人像我似的，把它放在最后。还有的人从保健科开始。”

“听说学生当中，对实习医生制持反对意见的挺多的。”

“怎么说呢，也就是延长了一年时间嘛。像我们这些穷学生，确实是要苦些，而且还要多一次考试。”

“栗田，您这么实际干了干，感觉怎么样？”

“按我的感觉看，实习医生做临床要比学校的基础学习有意思，而且，也记得牢。临床不用记笔记，考试也要多些。我看实行实习医生制度也蛮好的。其实，二战前，大学毕业了，也未必就能马上为病人号脉治病。”

“不过，去哪儿做实习医生，也就是说去哪所医院好呢？医院不一样，学习的内容也很不一样吧？”

“这怎么说呢？实习医生是学生，但是他的三分之一又是医生、社会人。通过患者，我们要碰到许多问题的。换句话讲，就算我们体会不到医生的哲学，也要接触到行医的态度这些问题的。有些实习医生，如果对行医产生了怀疑、否定，是可以辞去医生这个工作的。”

“有人辞职不干了吗？”

“我不太清楚……”

义三含含糊糊地说：

“科学和感情的把握，也是个难题呢。干实习医生，既有诱惑也有堕落……”

“是不是女人比较多呢？”

“也不见得都是女人。”

义三脸上有些发红。

“听说去年的国家考试挺难的。今年也不知怎么样？”

“说不准。不过，去年大约有三分之二通过了，今年也就是这种水平吧。”

“只有三分之二啊。那么，那三分之一怎么办呢？大学毕业了，可又通不过国家测试，当不了医生。真让人厌世啊。这考试就像用尺子量人的脑袋，真烦人。其实，考试比尺子还要不准，偶然性更大。”

“正因为不准、偶然性大，所以考不上才能宽自己的心嘛。”

义三冷冷地说道。

“考试也是一个目标嘛，我觉得可以有。像我这样的人，要是不考试，就学不下去。”

“栗田，你这么有信心，我真羡慕啊。”

“像我这种要是通不过就比别人更惨的人，没有信心哪成啊。”

医科大学的学生低着头，吞吞吐吐地说：

“栗田，对不起，你能不能借给我一点儿钱。家里说马上就寄来的。可现在刚开学，花费挺多……”

义三心里一震。这个学生既然是来借钱的，可他为什么不早说呢。他觉得刚才真不该一直让他陪自己闲聊。

“在钱上，我可是从来没有过信心。”

义三苦笑着说。

医科大学的学生不好意思地说了些什么。义三不能为他提供帮助，比他还要不好意思。义三的确没有钱。他连买有关将要到来的考试的参考书的钱都没着落。

但是，义三衣袋里却有房子的钱包。

刚才，义三把钱包塞进衣袋里时，医科大学的学生大概看到了吧。也许，房子把钱交给自己时，他在外边偷听到了。可是，医科大学的学生并不像那种狡猾、低俗的人。衣袋里放着房子的钱包，义三觉得自己就像在藏匿着偷来的东西。

为了掩饰自己的难为情，医科大学的学生和义三谈了许久最近的电影还有体育。

楼下的时钟隔上一定的时间就会慢慢地敲响起来。

“哟，已经十二点了。你看，聊了这么长时间……”

医科大学的学生趁着钟还没敲完，站起身来。

“您休息吧。”

“晚安。”

医科大学的学生穿上拖鞋，走出门外。不一会儿，又拉开门，探进头小声地对义三说：

“栗田，来客人了吧。外面有人呢。”

“是吗？”

义三探出头看了看。

原来是房子。房子侧着脸站在走廊里。

借电话

第二天是个晴天，天气暖洋洋的。

迎着早晨的阳光，义三沿着河边道路，向医院走去。但是，他的思绪却停留在刚刚分别的、留在房间里的房子身上。

临出门时，房子一定要送他到这条路上。义三连连说着“不成，不成，你得藏藏”，硬是把她推进了屋里。房子又把门拉开了一条小缝，露出一只眼睛，小声地叫着义三：

“大夫，那个……”

义三回过身，沿着走廊又走了回来。

“什么事儿？”

“绝对不能离开这个房间吗？”

“还是不出去为好。”

“这样啊。”

房子眼圈红红的，眼睑与脸上泛着红晕。义三发现后，便说：

“对不起，对不起。这也是没办法嘛。到时候，你就出来吧。”

义三一边走一边想起昨晚的事情，心里直想发笑。房子太可爱了。

昨天晚上，房子来时已经十二点了，楼下管理人的妻子也睡着了。所以，没有借到寝具。义三把褥子横了过来，脚下部分垫上了坐垫。两床被子也同样被横过来，盖在一起，上面又压上了义三的大衣和房子的短外套。

“我不睡。”

房子小声说道。

“那可不行。为小和守夜的那天晚上，你不是就睡着了吗？”

“那天是太难过，太累了。今天晚上就不一样了。我就是一晚上不睡也没事。睡着了，多可惜啊……”

可是，灯关上不久，房子穿着裙子、袜子就睡熟了。她大概是对义三太信任，太宽心了。

义三有生以来第一次与自己的亲属以外的女性在这样近的距离休息。他久久难以入眠。

房子不打算再回“绿色大吉”了。她对义三说准备在女老板在店里时去取她的那一点行李。房子来依靠自己，义三感到特别的高兴。同时，他又十分可怜这个无家可归的女孩。

刚刚离去不久的房子又在当天晚上十二点返回到了自己的身边，这是义三所没想到的。义三感到十分惊讶，难道自己对房子的责任已经如此重大。房子充满热情的美丽的大眼吸引着义三，房子那纤弱的女性温柔诱惑着义三。义三确实爱上了这个女孩。不过，房子今天就来到义三的身边，无论怎么讲，还是显得有点过早。

现在，自己还在依靠桃子父亲的资助。要是自己和房子在一起生活的话，那又该怎么办才好呢？

不久，桃子就要来东京了。义三却在和房子一起生活，桃子又会怎么看待自己呢？义三曾经请舅舅的医院照顾房子。可是，从现在起，两个人就住在一起，这种请求是不是有些只顾自己了。舅舅和舅妈也不会答应自己的吧。而且，义三本身的洁癖，男人的自尊心也不会允许自己这样做的。

义三的爱的喜悦上蒙着一层犹疑的阴影。

这天，义三在医院里总是出神发呆。他真想早些完成工作，回到独自一人无所事事地等待着自己的房子的身边。

义三已经失去了自由。他心里充满喜悦，却又无法表达出来。当他准备比平时早些下班时，小儿科的主任叫住了他。现在，义三和主任的关系变得很熟了。

义三来到医疗部，主任正在和义三的伙伴聊天。主任那狡黠的眼神里露出笑意。他突然向义三问道：

“栗田君，能喝吧？今天晚上给你们搞个告别欢送会。从明天起，就不能像以前那样每天见面了。”

在座的每个人都显得很高兴。民子也在其中。还有另一个实习女医生也在。

义三竭力掩饰着自己内心的为难。不能马上回去，义三愈发想念独自一人坐在宿舍房间里的房子。

一行人分乘两辆出租车，不到三十分钟便来到了涩谷。从热闹的大道走进一条小路，来到一家蛮像样子的“料理店”。店里已经安排好了小宴会，看样子主任他们已经用电话预订好了。

在伙伴的劝诱下，义三一会儿啤酒，一会儿日本酒，接连喝了许多。菜上来后，大家不再热热闹闹地劝酒了。可是，义三却坐不住了。他悄悄地起身到结账处打了个电话。宿舍管理人的妻子接的电话。义三请她转告房子。

“我有会，要回去晚些。请跟我房间里的人打个招呼。”

“您房间里的人？她没有名字吗？”

管理人的妻子开玩笑似的说。

“要不要请她来接电话？”

“不用，算了。您跟她说一声吧。”

“栗田，你屋里的人，今晚上住这儿吗？没事吧？”

“什么没事儿啊，大妈，有被子的话，借我两三天。”

“什么，被子？！你知道宿舍的规定吧。”

“我知道。知道才求您的嘛。那孩子无家可归，就住两三天……不给您添麻烦。”

“真拿你没办法。”

“拜托了。另外，我的晚饭就让她吃了吧。”

“行，行。”

管理人的妻子笑了笑，也可能还伸了伸舌头。

义三在挂上电话的一瞬间，对自己产生了极大的厌恶。自己为什么要用那种看不起房子的、故作与己无关的态度讲话呢。这难道就是无聊的男人的虚荣、羞涩？为什么不让房子来接电话呢？

主任的那桌上看样子酒也喝得酣畅，时时传来热闹的谈笑声。义三手刚放在拉门上，民子迎头走了出来。

民子也好像是稍微喝多了一些。她月牙形的眉毛向上吊着，眼圈红红地望着义三。

“你真有点怪。整个一天都是坐立不安的。今天晚上不喝个一醉方休可不成。”

说着，民子抓住义三的手。

“喝个一醉方休。”

义三桌上的那份菜被挪到了不喝酒的学生面前，不见了。

“我那可爱的孩子离家出走了。”

义三刚说完，不喝酒的学生便道：

“让能喝酒的家伙吃菜，多可惜啊。”

“它就靠你了，可要善待它啊。”

“放心吧，我会好好地把它吃掉的。”

说着，那个学生把猪肉串塞进了嘴里。

义三的杯子里、酒盅里，刚刚喝空，又被斟满，一刻也没空过。

“这回可糟了。”

义三说。他喝着喝着，觉得昨天晚上的紧张感已云消雾散了。他心情舒畅、浪漫放纵起来，并在心里幻想着如何按自己的想法去塑造还是少女的、未经雕琢的房子。对房子施教也是他的乐趣所在。

义三周围所有的人都在兴致勃勃地、愉快地交谈着。领头热闹的一位唱起了幼时的歌曲。没想到，他唱的是很久以前的武岛羽衣的《花》。接着又唱起《桑塔露琪娅》《海滨之歌》，继而又是黑田小调。有的人还随着歌声跳起舞来。

不知道从什么时候开始，民子来到义三的左边，坐了下来，再也不离去。义三右边的学生酒一入肚便变得十分忧郁，纠缠着义三，大谈起人生的虚无来。义三不断地摸着脸，就像要掸去挂在脸上的蜘蛛网似的。

“你对这位幸福的、充满理想的人讲这些，那不是找错门了。”

民子把身子探到义三面前，和那个学生侃了起来。

“你的这种虚无，也不过就是热情不够，也就是不敢和大家唱歌罢了。”

“不敢和大家唱歌，这不也是挺好的虚无吗？！”

“这叫什么，酒醉虚无？你连酒醉大哭都不会？”

“对，我是不会。我倒是希望这个社会能够纵容我喝醉了大哭呢。”

离开了这家饭店，学生们又来到另一家酒馆。接着，又喝了几家。不知从什么时候，最后只剩下了义三和民子。

真拿你没办法

车里的灯关着。民子探过身子望了望义三，叹了口气，温柔地说：

“真拿你没办法啊。”

义三半醒半醉地说：

“我这个人像是没治了。有人也这么说过。”

“谁说的？”

“谁说的，我忘了。”

“别打马虎眼。快说，是谁？”

“行了。我一个人能回去。”

“你醉成这个样子，行吗？我表哥就是因为喝醉了掉到铁轨上受伤的。我送你回去。谁让你是我可爱的病人呢。”

义三忽然察觉到民子感情的变化。

“今天晚上啊，有个女孩在等我呢。”

义三说，

“所以，不能让你送我回去。”

“什么？”

民子惊得目瞪口呆，同时又难以置信。她面露疑色地问：

“谁等着你呢？就是那个医院的桃子吗？”

“桃子？我以前跟你说过桃子的事儿？真没想到。”

“怎么样，我猜中了吧。”

“桃子是个好孩子。我觉得她挺可爱。不，应该说她觉得我可爱。对我来讲，她是个心灵美的人。不过，我们是表兄妹，就和兄妹一样。如果我人生之舟触礁，或者肉体有了残缺，那么最后能够挽救我的就是她啦。到那时，她不是出自于怜悯，而是以她本身的快乐温暖的情愫围住我……”

“自作多情。”

“不，桃子不会认为我自作多情的。有机会，一定让你见见她。”

义三说着，脑海里浮现出冒雪来到东京为自己寻找房子的桃子的形象，浮现出不愿在东京见到义三、昨天一大早返回故乡的桃子的面容。义三昏醉的脑海里，桃子的心情、房子的心情上下翻涌，撞击着他敏感的内心。

“不过，等我的不是桃子。你还记得吧，去年夏天，我救出来的那个孩子的姐姐。她弟弟，去年年末死掉了。她无处可去，就来到了我这儿。”

“噢，是这样？”

民子颇为感慨地说。然后，她便面无表情地沉默了一会儿。

“她喜欢你吧。你也喜欢她，对吗？”

义三点点头。

“你今天晚上真是个好人。那么老实，坦率。要是每天都这样有些醉就好了。”

民子从车窗向外望着说。车快到国铁站时，民子对司机道：

“我在前面的车站下车。”

“我下。”

“行了，你别下。”

民子拿出到N町所需的车费，递给了司机，然后便让司机停下了车。

“栗田，可别忘了刚才说好的事啊。”

“我们说什么了？我不记得啊。”

“真拿你没办法。”

义三再次听到了这样的评价。

“明天开始咱们去新的医院。我九点在M车站等你。头一天可别去晚了。你自己还说呢，‘别看我是个学生，我热情高涨着呢’。”

小型出租汽车的车门大开着。民子猛地将车门推上，十分爽快地说：

“再见。”

一个人坐在晃晃悠悠的车里，义三感到醉意更浓了。

他踉踉跄跄地爬上楼梯，又撞到了楼梯拐角平台的墙上。好不容易他才走到了房间前面。

房子迎出门来。

“您怎么了？”

“我回来晚了，你着急了吧？”

“您回来得太晚了。我还是……”

“还是，怎么了？”

“我还是觉得自己这样做，对您不好，给您添麻烦了。我挺难受的。”

“你想的太多了。自己喜欢的人在身边，有什么不好的呢？！”

义三扶着房子的肩头，把鞋连拉带拽地脱了下来。

“您喝醉了吧？您也喝酒？”

“今天啊，是没办法。明天我们就要换医院了，今天主任为我们开了个欢送会。对不起。”

“好了，算了。”

义三连着大衣把上衣脱了下来，又把裤子褪了下去，一头躺在床上，穿着内衣就钻进了被子里。

房子眼里含着泪，为义三叠起脱下的衣服。

她那美丽的眼睛中的泪水晶莹放光，就像宝石似的。

义三用力睁开困乏干涩的眼睛，问道：

“你不睡吗？”

“我睡。晚安。”

房子在义三的枕旁施了一礼以后，到房间的角落换上刚才管理人的妻子借给自己的素净的睡衣。那睡衣是管理人的妻子连同被褥一同拿来的。换着睡衣，房子想起来管理人的妻子端来饭时告诉自己的那些话。她告诉房子，这里禁止住宿人员以外的人留宿；“栗田是个有前途的人”；栗田所得到的资助与其说是他舅舅给的，不如说是他的未婚妻、表妹给的。关上电灯，房子战战兢兢地钻进另一床被子里，低声哭了起来。

她觉得自己再也不能这样生活了。这样太困难了。她感到孤独、寂寞。她真想伏在义三的胸上睡上一觉，但又不敢触摸义三的被子。不过，对于在贫穷、无依无靠的生活中长大成人的房子来说，能够像这样听到义三酒醉后的鼾声，已经是难得的幸福了。

早晨，义三猛然醒来，却发现旁边的被褥已收拾得整整齐齐。

房子把小圆镜子架放在桌子上，正在用两手不断地揉搓着脸颊。前天晚上从“绿色大吉”的后门出走后她就没有再回去。现在，她手头上什么化妆品也没有。

义三想喝些水，也想抽烟。

“现在，几点了？”

“八点多一点儿……”

“这可糟了。”

义三想起来今天九点钟和民子约好要在M车站见面。他猛地钻出被窝。

今天是第一次去这所医院，他很想刮刮脸。他不愿意过分地邋遢。就在义三急急忙忙做着出门的准备时，房子从楼下端来了早餐。简单的早餐是两份。由此可见管理人妻子的一片好心。

不过，义三却没有食欲，昨晚上的酒似乎仍然残留在他的胃里。而且，他也没有时间去吃饭了。

“今天我刚换医院，不能去晚了。你就自己吃吧。”

“您要饿的。”

“没事儿。我经常这样。”

义三心神不定地穿着鞋。

“我今天会很早就回来的。”

义三把房子搂了过来，说道。房子脸上显露着悲痛的神情。房子内心的孤独是义三难以理解的。

义三慌慌张张地刚要走下楼梯。房子拿着包盒饭追了上来。

“你忘了带这个了。”

“噢，谢谢。”

房子紧紧地跟着义三，边走边问：

“我就这么等着，妥当吗？”

“我会早些回来的。我回来后，跟楼下的阿姨好好说说，没事的。另外，我千叶舅舅马上就要搬过来了，医院也要开始了。”

义三上了私营电车，又转乘国铁，然后又换上私营电车，这才到了 M 车站。下车一看，民子穿着驼绒大衣已经等在了那里。

“真够晚的。我都等了三辆车了。迟到十五分钟啊。”

“对不起，对不起。”

民子再也没有说什么，快步走了起来。

过了铁路道口，正面竖着一块牌子，上面写着：东京都立 M 医院。医院占地很大，里面有好几栋灰色的病房大楼。

民子走在前面，弯下腰对着收发室的小窗口说了些什么。

第一天只是参观了一下整个医院的部门。

门诊病人很多。真没想到会有这么多脑子受到创伤而遭到社会排斥的人。

到了这里，那些陪同病人来的人似乎要比病人还要痛苦。

冬天的太阳还挂在空中，义三就和民子踏上了归途。边走着，义三边想：干脆请民子照看房子一段时间。

这“一段时间”就是义三通过国家考试，能挣钱糊口之前的那段时间。可是，这显然太一厢情愿了。

义三心里对自己的这种想法暗暗自责。可是，又该怎么办呢？他真想领着房子到一个没有人的童话王国里去居住。

民子一字也没有提昨天晚上的事，还有房子的事。

“我坐公交回去。那样，就不用走路了。”

民子在 M 车站很随便地与义三道了别。

看来，民子从昨天晚上起已表面上割舍掉了她对义三的那份感情，又恢复了与义三的朋友关系。

旧照片

管理人的妻子给了两份早餐，可是义三却好像没有感觉到她的这份好意似的，慌慌张张地离开了宿舍。

现在，只剩下房子一个人了。她望着这两份早餐，说什么也吃不下去。就算她吃了一点儿，可义三的那份要是不动的话，那管理人的妻子又会怎么想呢。

要是两份饭都吃一点儿，然后就说“两份吃不了”，大概还是可以说得过去吧。

连这些事情都得小心翼翼，这使房子觉得十分的难堪。住在那间简易小房里时，即便生活多么苦，多么惨，自己也从未为这些事情而提心吊胆。

打开两个碗的盖子，房子喝着义三的，还有自己的那份味噌汤，不由得要哭起来。

“他昨天晚上和今天早晨都没吃这里的饭。”

房子有些多心了，觉得这可能与自己来了有关。

“栗田，你的快信。”

宿舍管理人的妻子敲了敲门，说。

房子听到“快信”二字，心里不禁一惊。她觉得这信似乎与自己在这儿有关。

拿过来一看，原来是桃子来的明信片。房子心里觉得不应该看，但眼睛却不由得移向了明信片上。

> 我已平安到家。后天，家里准备将一部分行李托运走。听说他们想请您照料一下我们在东京的住所。我很担心这会妨碍您的考试准备工作。
>
> 那位现在如何？请转达问候。盼望着见到您的那一天。
>
> 前些日子事情很糟，本月的未能转交给您。待几日后寄去。
>
> 桃子

“那位”大概指的就是自己。房子马上就猜到了。未能转交、要寄来的毫无疑问就是钱了。

房子来这儿以前，她一直认为义三早就是个出了师的医生。她一直觉得义三是个没有生活痛苦、学习重负的人。

“这太不应该了。”房子自语道。

今天晚上，义三回来以后，自己要好好和他谈谈，争取还是回店里。就是不回那家店，自己也要到别的地方去工作，去等待。她觉得自己寄身到义三这里，是太轻率了。房子生长在贫苦的家庭，又为弟弟忍受过生活的熬煎。所以，当她听说义三在靠着桃子家的资助学习时，心里产生了巨大的震动。

房子把桃子的明信片放在了义三的桌上，呆呆地坐在那里。

六铺席大小的屋里没有一件房子的东西，也没有任何可以让房子去做的事情。房子只看到了堆在一边的义三的脏袜子。她拿起这些袜子和昨天借来的床单，下楼去洗涤间了。

昨天和今天都是好天气。管理人的妻子也端着洗衣盆来到了洗涤间。

她望着房子，觉得有些不解地问：

“你有肥皂吗？”

“嗯。”

“那不是洗脸的香皂吗？！”

“对，但因为就这么一点儿……”

“那不是床单吗。刚用一晚上就洗？”

管理人的妻子打量着房子的神情说。房子有些不知所措了。她也不能告诉管理人的妻子她今天就走。管理人的妻子转过脸去，开始洗起自己的衣物。

“你多大了？”

过了一会儿，管理人的妻子突然问道。

房子没有回答。

“你是这块儿的人？”

“嗯。”

“你家里的人知道你在这儿吗？”

“我家里没有人，就我一个。”

“就你一个？难道你也没有父母兄弟？”

管理人的妻子望着房子，显得有些半信半疑，同时又有些心疼房子的样子。

“你和栗田就像兄妹似的，长得还真有点像。”

听到这句未曾料到的话，心情阴郁的房子立时感到心里变得开朗起来。

洗完衣物，两个人拿着衣服来到了二层的晾晒台上。

蓝蓝的天上挂着一轮薄月，微风送来沁人肌肤的暖意。

一条黑色衣带般的河水将一座拥挤不堪的小镇捆绑在其间。街镇上低矮的房顶的对面显露出车站站台的模样。站台上的长椅处有着或端坐或站立的人们。从远处看去，就像个大舞台。

新建的千叶医院，这座浅紫色的建筑物坐落在那里，显现出与这座小城不协调的美。

“听说那是座医院。真够漂亮的。”

管理人的妻子向房子搭讪道。

“把周围的建筑都比下去了。”

管理人的妻子显得颇为得意地继续道：

“听说那是栗田的亲戚建的。栗田要是通过了国家考试，也要在这座医院里干的。现在的学习对他来说，最关键啦。”

房子晾晒完有限的几件衣物，便悄悄地离开了管理人的妻子身旁。

回到屋里，房子发现榻榻米上有张旧照片。

“这是怎么回事儿？”

刚才，房子打扫完屋子离去时，榻榻米上一小块纸屑也是没有的。

房子捡起照片，心里有些生疑。

这照片是房子的父亲还健在时照的。照片上的房子留着长长的娃娃头，很自然地站立在父母的中间。

她想不起这张照片是什么时候照的了。这张小小的照片躲过了空袭的战火，留在了她的身边。每逢看到照片上那时自己幸福的样子，房子就感到十分快乐。她走到哪里都要带着它。这照片和她可以说是形影不离。

这张照片是放在前天请义三保存的钱包里的。

钱包，房子已经交给了义三保存。可为什么这张照片却掉在这里了呢。真让人不可思议。

过路煞神

房子用眼睛扫视了一下义三的桌子。

这是张十分结实的桌子，旁边三个抽屉，中间一个大抽屉。桌上放着的简易书架上摆放着医学用书、笔记本，还有字典和七八本文学书。书上放着一个小圆镜子。

房子的红尼龙的钱包曾在桌子上放了一段时间。昨天早晨，义三把钱包放在了正中的抽屉里，并告诉给了房子。而且，房子也亲眼看到了。

现在，那个抽屉被打开了两三寸。

房子产生了一种不祥的预感。她连忙把抽屉全部拉开。

房子的钱包就放在抽屉边上。可是，钱包的拉链被拉开了，敞着口。

“啊！”

钱包里的东西果然没有了。

房子大惊失色。她把房间仔细地看了一遍。

钥匙仍然插在门的钥匙内孔里。

原来自己忘记了锁门。就在自己洗衣服的这一眨眼的工夫，有人曾来到过这间屋里。

房子慌了。她来到走廊里。外面没有人影，每间屋子都是安安静静的。

房子跑下楼去，冲进管理人的房间，大声道：

“有小偷，小偷进房间里了。”

“什么？你说小偷？是栗田的房间被偷了？”

管理人摘下老花镜，看着房子。

“嗯，嗯，是的。”

“都丢了什么？”

“钱。”

“钱？多少钱？”

“两万五千日元……”

“两万五千？这钱可不少。”

管理人显出颇为吃惊的样子，

“怎么会有这么多钱……是栗田的吗？”

“不，是我的。”

管理人感到有些奇怪：

“你的？”

“对。是我洗衣服时，没有的。”

管理人似乎不相信：

“不可能吧。是不是你记错了？”

“不是。我是放在里面了。现在已经空了。”

房子让管理人看了看钱包。这钱包就是那种穷人家女孩子常用的钱包。管理人瞪着眼看了看，问：

“就是放在这里的？”

“我是和照片放在一块儿的。现在掉在屋里的只有这张照片了。而且桌子的抽屉稍稍打开了一些。有人来过的。”

“你说有人来过，可我一直在这儿，我老婆刚刚出去办事。又没有其他人进出过。今天，宿舍的人都出门了。”

“可是……”

“那就怪了。你的门一直没关吗？”

“是的，我没上锁。”

管理人颇不情愿地起身来到走廊里。

走廊的墙壁上挂着显示各房间的住户是否在家的名牌。所有的木名牌都翻了过来，显露出后面的红字，唯有一个没有被翻转。

“噢，是户波嘛。他今天休息？”

管理人来到那个学生的房间前，扭了一下门把手，喊了几声他的名字。

“没在家。他忘了翻牌啦。宿舍里一个人也没有，也没有人从外面进来。这事儿可就怪了。在这个宿舍里，还从来没有出现过丢钱的麻烦事儿呢。”

“可是，我的钱是丢了。”

“这事儿就怪自己没关门呗。你可以肯定有人去过房间吗？”

说着，管理人和房子来到了栗田的房间。

房子把前因后果向管理人叙述了一遍。听完后，管理人问：

“这事儿可就怪了。会不会是被栗田带走了？”

“不会的。”

“会不会有人知道你把钱交给栗田保存了，你有什么线索吗？”

“没有。”

“这种事件，特别希望你能够提供些线索。你看，这窗户小偷也是进不来的嘛……”

为了采光好些，窗户是后打通的。

窗户外面，有一条很窄的路，路对面是邻居家的墙，孩子们正在那里玩。狗窝里拴着条棕色的狗。

“我也很想帮你查一查。可是，你不是这宿舍的人，事情就难办了。不该在这儿的人在这儿了，这就是事儿。作为宿舍来讲，也就不想求警察帮忙了。要是说在这儿丢的，宿舍里的人都要受到牵连的。最后再弄个留宿女孩子，别说栗田啦，就连我也没脸见人的。栗田回来后，咱们再想想办法，商量商量。”

听管理人的口气，他不仅不同情房子，反而还觉得房子丢失了钱是给他添了麻烦。那语气里还有些怀疑、嘲讽房子的味道。管理人离开后，房子泄了气似的，显得无精打采。

本来是气势很旺地去报失，可管理人的乱猜疑使得房子的指望彻底落空了。

对于房子来讲，被盗的这笔钱就是她失去住处的代价，是一笔数目很大的款项。

房子自己以前从来没有拿过两三万这么多的钱。她之所以把钱交给义三保存，其中一个原因就是出自于她内心的不安。她身上带着它就会感到坐卧不宁。虽然这一大笔钱是她自己的，可她却不觉得像自己的。

更主要的是因为这笔钱来自义三的舅舅，也就是桃子的家里。这使房子内心产生了极度的不安。

房子现在感到很害怕。这倒不是因为钱丢失了，而是因为不明身份的人潜入过这个房间。她感到十分恐惧，就像被看不到的敌人夺去了双腿似的。

房子关上门，上上锁，又关上玻璃窗。然后，在桌子前默默地坐了许久。

她拿起义三的铅笔和纸，写道：

“谢谢您了。我不能在这儿待下去。这三天令人高兴的日子，我是忘不掉的。痛苦的时候，我还回来。请向桃子问好……”

写着写着，她的泪水落在了纸上。房子用手指尖拭去落在纸上的泪珠。她觉得现在是她感到最为痛苦的时刻。

寒椿

义三离开M医院，与民子告别之后，不由得叹了一口气，自语道：

“要保守秘密，真是够折磨人的。”

房子现在在宿舍。这件事对民子虽然算不上秘密，但是今天义三却没有对民子讲，而且又没有显露出任何声色。义三觉得自己变得十分笨拙。他觉得自己好像在有意向民子保守这个秘密。

义三觉得自己在任何人面前，都是那么不自然。自从房子来到宿舍以后，义三觉得自己突然开始意识起社会上人们的视线来了。他十分厌烦现在的自己。

“没有什么不好的。也没有任何可以羞怯的。”

义三对自己说，似是在自责，又似是在鼓励自己。他没有想到自己竟然如此软弱、如此没有出息，在一生中的关键时刻，竟然会如此犹豫不决。和大胆地跑到自己身边的房子比较起来，自己又算是什么呢。

在关键时刻自己却束手无策。义三为自己的幼稚感到十分可怜。

不过，当他坐在电车里时，心头上又浮现出许多愿望。他要为房子做许多许多事情。

总而言之，他不能让房子再回到房子自己不喜欢的那家弹子厅。

如果可能的话，他真想让房子住在宿舍里，一直住到桃子她们搬到医院里来时。

可是，同住在一个房间里，今天晚上还会像昨天晚上那样不越线吗？他已经紧紧地拥抱过了房子好几次了，想必房子是不会拒绝的。义三感到心里一阵颤抖。

但是，要是越线了，那房子又该怎么办呢？过后，再求舅舅的医院收留房子，那对桃子来讲，自己就显得有些无耻了。另外，房子也许会受到异常的打击，性格不再直爽。房子所需要的是亲切的关怀，重新的教育。

义三在 N 车站下电车后，把手放在裤子口袋里摸索了一下，数了数放在里面的有限的几个钱。

望了望点心店漂亮的玻璃橱窗，义三走了进去。这是家最近新开的店铺。

他买了一些布制工艺品般的日本点心。

玻璃橱窗里摆着水仙花。

女售货员用纸包裹着点心，手势十分灵巧。

“这种点心叫什么名字？”

义三问道。

“这些都是透明点心类的。我给您包的这种叫‘寒椿’。”

“噢，这就是‘寒椿’……”

义三脸上浮现出微笑，就像刚刚实现了一个小小的梦想。他走出点心店，风迎面扑来。

“这冬天的风，说刮就刮，真烦人。”

从他身边走过的年轻女人对她的同伴说。义三连忙背转身去避开风。同时，他又竖起了大衣的领子。

义三望了望天，天上已挂满了星斗。断了线的风筝挂在了电线上，发出了咔嚓咔嚓的响声。

寒冷的风吹得行走在河边道路上的义三加快了脚步。

“栗田，你回来啦。”

管理人夫妇迎到门厅来。

“我们正等你呢。”

说完，他们就讲起房子丢钱的事情。

“栗田，你真的给她保管钱了吗？保管了多少钱？”

主妇迫不及待地问。

“有多少钱，我倒没看过。不过……”

“不知多少钱，就帮人保管钱，还有你这样的？你又不是旅馆贵重物品寄存处……她说了，里面有两万五千日元。我看她不像有那么多钱的人。”

“不，也有可能的。那钱包装得鼓鼓的。里面放的是她家的搬迁费。”

管理人不悦地说：

“栗田，你看这事怎么办？这要是栗田你自己的钱，咱们闹出去也成。可这是她的，她也可能记错了，也可能不小心给丢了……”

“这钱，她确实有。”

“栗田，你就没看看钱包里都有什么？”

“没有。”

义三想起了房子，便说了句：

“总而言之，请稍等。”

说完，他便上了二层。

屋里黑乎乎的，房子不在。房子写的留言条放在桌子上。

“糟了。”

义三连忙跑下楼。

“那姑娘去哪了，你们看到了吗？她几点出去的？”

义三很不客气地向管理人问道。没等管理人回答，义三就向外面跑了出去。

他几乎是跑到“绿色大吉”的。义三心急如焚，连忙向“绿色大吉”女老板的儿子打听房子的情况。可是，那个人态度格外冷淡，爱答不理地回答道：

“我可不知道。她不在这儿干了。”

身体肥胖的女老板也是满脸不高兴的样子。

“今天，她倒是来了一下。这种孩子脾气倔得很，不听人劝，也不识好人心。你照顾她，她不知图报。我劝她留在这儿，可她硬是要走，根本不领情。”

义三又向在玻璃圆柜里卖弹子的女孩打听了一下。听说房子把自己的那一点点行李全卖了，离开了这个地方。

义三浑身乏力，双腿酸痛。

他觉得自己犯下了一个无法挽回的错误。这个错误或许会毁掉一个女孩的一生。他感到一种难以言喻的悔恨。同时，在这悔恨之情的深底蕴含着不断升腾的对于房子的怜爱。

房子到底去哪了呢？

义三在附近的弹子厅、闹市的茶室不遗余力地搜寻着房子的身影。他想，房子说不定会在这一带的店里找到工作的。

在留给义三的短短的信里，房子一个字也没有提到钱的事情。

当义三想到这点时，他更加体会到在那寥寥数语之中所饱含着的房子的极大苦痛。

失去了那么一大笔钱，房子就算卖掉了自己那点点行李，又能起什么作用呢？这责任还是在义三这里。按管理人所讲的，这种盗窃完全是突发性的，很难找到线索。而且，当时义三又不在家，所以他很难做出判断。不过，这丢钱与房子出走之间似乎有着某种联系。

义三觉得应该替房子去报案。可是丢钱的人不在了，警察又会怎么理解呢？也许应该同时报案，一是寻人，二是被盗。

义三来到 N 车站，久久地望着从检票口进进出出的人们。义三感到阵阵钻心入骨的寒冷，这侵袭他体内的寒冷也正是他悔恨的苦痛。

“再见到她，绝不让她离开自己。”

但是，房子没有来 N 车站。

开业之前

千叶医院开业的日子近了。

夹在报纸中分送各户的广告里印刷着“内科、外科、妇产科，各科皆全，病房完备”的字样，同时还排列着千叶院长和他的朋友妇产科主任的名字。

义三也退掉了宿舍的房子，搬到了医院里住。时间在义三的悔恨、失望中无情地逝去了。自那以后，义三再也没见到房子的来信。他也无法去找寻房子。义三在等待着某种东西的到来，显得心神不定。究竟是谁偷走了房子的钱呢？有时义三会望着整洁的房间那崭新的墙壁，默默地沉思不语。

桃子通过了东京学校的插班考试，已经开始上学了。不过，她好像还没有交上朋友。在家里，总是一副别扭、不悦的样子，也看不出是谁惹着她了。

医院正式开业之前，千叶院长夫妇准备邀请自己的朋友、熟人、战前的东京的病人，举行一个庆贺会。母亲对桃子讲：

“桃子去跟你那位年轻的‘院长’也说说，让他也请几个朋友。”

可桃子脸上仍是阴云密布。

“你这所医院可拴不住义三的。”

到了那天，桃子的母亲像变了个人似的，显得那样富有青春活力。在客人面前，她放开很久没有放开的喉咙，唱起了歌。

庆贺会是以酒会自助餐的形式举行的。客人们参观医院的设备、病房，边走边谈，谈笑风生。

义三邀来了民子，还有另外两三个朋友。

桃子穿着十分可爱的晚礼服出现在人群之中。不久，她又悄悄地离开了会场。

义三陪着民子参观了一下医院的设备。

“真不错。要是自己创业，就得有这种规模的医院。在外面的医院上班，和那些公司职员没什么两样。也许还不如他们呢。女医生也就更别说了。听说大医院，一开始也就给六千日元。栗田，你多优越啊，真让人羡慕。”

义三对民子准备在通过国家考试之后重返大学研究室的理由有些生疑，或许民子是担心走向社会后无法获得自己所向往的生活，才做出的那种选择。也许，女人只看重眼前。

不过，民子此时的心思似乎在桃子身上。当桃子不见了以后，她问义三：

“那个可爱的小姐怎么了？我真想和她玩玩。”

义三敲了敲桃子的屋门，准备带桃子去见见民子。桃子已经换上了长裤和毛衣，正和那条柯利犬依偎在床上看着书。

“你也待烦了？”

桃子抬起头看着义三，显出微笑。

“你都换衣服了？”

“我这人就是穿不了新和服，从小时候就这样。我一穿新衣服，就觉得累得够呛。”

“这倒是看不出来。”

“穿之前的那种企盼，才是我的乐趣呢。”

桃子坐起身来。

“不过，那身夜礼服是我妈设计的。我的意见不是这样的。”

“我的朋友想见见你。”

“男的？还是女的？”

“女的。”

“要是女的，你就让她到这儿来吧。行吗？我懒得再换衣服。”

“桃子，你是累了吧？”

“我才不累呢。”

“我记得有一次从动物园到这个小城上来的时候，桃子当时说这里挺有意思。现在住到这里了，我看不合你的性情吧。”

桃子是以城市的方式培养成长的，但是她却不了解城市。

就说这座小城吧，看起来是个住着贫穷的庶民的拥挤不堪的城市，可在宽阔的道路上清晨和傍晚却是高级车川流不息。就在这映照着医院酒会灯火的河对面，便是在上夜班的工厂。那散发着令人窒息气味的溶液冒着热气从那里淌出。在那昏暗的室内正溅射出刺眼的火花。白天，那里进进出出的全是些满身金属粉末脏乎乎的工人。

桃子都有些不好意思牵着那条颇有些奢侈味道的长毛狗在这里散步。

“这所医院也不合你的性情吧？”

桃子反问道。

“你真像个病人。你要是精神起来了，我也就精神了。”

“到了七月份，我就会精神起来的。”

“是不是因为到时候，考试结果就出来了？然后你肯定就要离开这儿，到别处去。”

“什么别处？”

“我也不知道是哪儿。你一定是想找到房子，到她那儿去吧？”

义三没有答话。

“我也一样，也想按自己的想法去生活。”

“按自己的想法生活，这不过是空想。”

“房子要是到咱们家来了，那我在你面前还能多撒些娇，就像对真正的哥哥那样……可她为什么要走呢？”

桃子很少像这样谈起房子。义三感到一种切肤之痛。他觉得自己无法在桃子面前再待下去了。

“是啊，她到底为什么呢？”

义三无力地自语道。

“你总想着她现在怎么样了。可我倒想问问你，你到底怎么了？”

桃子抱过长毛狗白绒绒的头部，把脸贴在上面。

“露西最好了。”

义三走出去把民子接了过来。桃子看起来开朗、富于空想，可又很容易陷入个人的苦恼之中。义三觉得淡泊、明快的民子肯定能够为她提供帮助的。民子一进桃子的房间，马上就问：

“桃子，你知道栗田的那个大事吗？”

“什么大事？”

义三不知所措了。桃子马上接了过去：

“我知道，就是他的青鸟飞失的事件吧。”

“对。你要是知道了，那三个人也好聊了。”

民子面对面地看着义三。

“桃子表示同情吗？”

“对谁呢？是对栗田，还是对行踪不明的那位呢？”

“对这两位……”

“噢。我哪个也不同情。”

桃子说得十分干脆。

“不过，栗田能这样动感情，也真让人觉得痛快。我喜欢。”

临近春分

医院开业以后，要比预想的兴隆许多。看来，在这个地区，建座过分华丽的医院也并非坏事。

过去的患者从很远的地方来应诊。切断手指的人从工厂赶来医治。要求医院出诊的人也很多。

妇产科第一个生产的年轻母亲生下一个男孩子。医院为了庆贺这件喜事，由桃子的父亲出面请求男孩的家人让医院为这个婴孩起个名字。

桃子经常去那间病室看望婴儿，并为孩子起了许多名字，写在纸上，反复与义三相商。

义三数了数，说：

“嚯，十四个呢。太多了，孩子的妈妈该晕乎了。桃子，你要是有了自己的孩子，还不得想出一百个呀。”

“我也不结婚，不会有的。”

桃子冷不丁说出这么一句。

在这些名字当中，有一个是“桃男”，取用了桃子的“桃”字。

在医院开业的忙乱之中，“女儿节”无声无息地过去了。放在乡下仓房的那套古老的偶人到底也没有被带到东京来。

医院挂号室的小窗旁边，贴着一张通知：星期二下午六点、星期六下午二点开始，实施脑垂体移植术。自从通知贴出来后，来接受这种移植术的人很多，有时甚至影响到对一般患者的治疗。

这种移植术采用的是青梅干大小的牛的脑垂体前叶荷尔蒙。这种荷尔蒙是被浸泡在盘尼西林液体里，从屠宰场直接运送到医院来的。到医院后，再将其弄成碎片为人移植。假若不限制人数的话，会有供不应求的现象。

舅舅和舅妈是最先移植的。

用剪子铰碎后的鲜活的肉片似的物体被置放在玻璃托盘里，医生将这些物体埋植在患者的手臂或胸部上。望着这种情景，让人感到的只是野蛮，绝没有医学文明的感觉。义三怀疑这种埋植术的作用，同时又为那些试图重获青春的患者之多感到吃惊。

“垂死挣扎。青春，青春，我这儿有用之不竭的青春，可……”

一次手术费需要两千到三千日元。这些可以用现金支付这笔手术费的人可以说是生活上比较充裕的人吧。即使在这些医疗以外的事情上，医院也同样可以获得利润。而义三的眼睛却格外注意那些贴在街头电线杆上的手写的广告。在那些被雨水打脏的再生纸上写着：寻求供血者——N 医疗俱乐部。

“我现在心满意足地住在新建的医院的漂亮房间里。可实际上，我的地位也就是和那些卖血的人一样。房子说不定也在什么地方卖血呢。或者正在做些与卖血差不多的事。”

义三想：要是通过了考试，自己首先要干的就是攒钱，把房子被盗的钱攒回来。不过，就这些钱，他也需要攒上两三年的。

星期二做埋植手术的人星期六拆线，星期六做的人在星期二。

就这样，做脑垂体的日子，人手总不够用。所以，义三也穿上了工作服，为舅舅打起下手来。

“绿色大吉”的女老板为了使过分肥胖的身体瘦些，也来这里接受埋植手术了。义三发现她后，便在手术结束后、女老板从护士手里接过安眠的镇静剂时，走到了她的身边。

“我想和您打听一下。”

义三开口道。

“您店里的那个，房子的去向，您一点也不清楚吗？”

“哟，您是这儿的大夫啊？”

女老板显得十分惊讶。那语气和义三上次去时很不一样。

“请稍等。我想想。她呀，有一天大半夜就突然不见了。后来，又突然回来了。回来后，她把行李卖了就又走了……她走的时候，倒是说了句，她在什么地方有亲戚。那地方和那姑娘的名字同音，叫 FUSA[1]。对，我想起来了，是立川前面的那个 FUSA。她是这么说的。”

“您就知道这些？”

“那地名和那姑娘的名字一样。所以，我就记住 FUSA 这个音了。”

说完，女老板走到义三面前，弯起拇指示意：“您也玩这个吧。来玩啊，以后我优惠您。”

义三苦笑道：

“有的人玩弹子机玩过头了，大拇指都弯不下去了，过来做小手术呢。我们院长看了，都吃了一惊。”

---

① 日语中“房子”的“房”读音为“FUSA”。

义三赶快买来地图，寻找 FUSA 这个地名。福生就读 FUSA。到了福生，大概能找到房子的吧。

房子在留下的信里写着：痛苦的时候，我还回来。也许她那炽热的眼神还没有痛苦到要回到义三的宿舍的程度吧。

进入三月份，下了两三次夹雪的雨。春分就要临近，寒气渐渐消去。桃子开始休春假了。

谢落的鲜花

樱花开了，又马上谢了。有时风大得可以撼动树木。

五月一日、二日、三日的国家考试的日子马上就要到了。民子想在屋里的时间也增多了。当然，她并没有把所有的时间都用在学习上。

“以前曾经有人说过男人与女人的学习方法不同。”

民子自语道。她想起了上大学时有人对她讲过的这句话。

当时，民子写在笔记上，字迹很漂亮，十分清楚。课后，她都要全部背下来。从旁人的角度看，民子的学习相当认真。有些懒汉男生就从民子那儿借来她认真记下的笔记，半是感叹、半是讥讽似的说：“这男人和女人就是不一样。”

可是，如今，民子表面上是在整理、摘抄那些字迹工整的笔记，可心却飞向了远方。

尤其是当她看到在N町附属医院做实习医生时所做的备忘录，心里特别不是滋味。

“现在，栗田在干什么呢？”

民子此时动不动就想到了义三的面影。

在M的精神病院里，有许多女病人都是因为爱情问题才发病的。这使民子颇为震惊。而这方面的男性患者在数量上却要少许多。

民子马上把自己的这个发现告诉给了义三。

“我觉得我现在好像明白了女人难以学习、工作的原因了。”

“我觉得，男的也并不一定就轻视爱情。只是女人对爱情以外的生活不擅长罢了。”

“男人可以把爱情、学习、工作分别对待的。”

“怎么说呢。应该说，从社会上，从传统上，都在强迫男人训练、养成一种忍耐力，使他们可以去忍受这种分别对待。”

“不管你怎么说，男人因为爱情而发疯的人少，这是事实吧。”

“可是，因为爱情去杀人的，还是男的多吧。”

“你也能为了爱情去杀人？”

“嗯——我不会杀人的。”

“我倒有可能去杀人。”

义三转过头吃惊似的看着民子。

“别瞎想了，你能杀人？你可是医生啊！”

民子过后经常想到这个场面，也不知自己当时是一种什么神情。

民子身旁的哥哥和嫂子就曾经让她看到了爱情问题所带来的苦恼。

哥哥最近回来总是很晚，就连星期天也要找个借口离开家里。

“男人不在，那才舒服呢。”

嫂子嘴上这么说，但是民子却明显地感到她在发生变化，妆化得浓了起来，对孩子脾气也暴躁起来了。民子心里总是胆战心惊的。

哥哥也是，在家里和妻子节子闹别扭了，就到民子的房间来招呼民子。

“民子，来喝杯茶。”

民子似乎成了哥哥夫妇之间的缓冲剂了。

“民子看到我们这样子，该不想结婚了吧？”

为人老实的嫂子总是用这类话来表达自己对哥哥的满腔不满。

“做女人真没意思。”

节子是个心地善良的人，而且长得也很美。可哥哥还有什么不满足的呢？民子并不一定是嫂子的朋友，但她们都是女人。

民子和哥哥很早就失去了母亲。新的母亲来了以后，又生下了两个同父异母的妹妹。哥哥结婚以后，就继承下父亲的买卖。不久，父亲也离开了人世。哥哥在战前、战后都一直经营着药品公司，生活上十分充裕。嫂子也有两个女孩子。

每天，哥哥到离东京都中心很近的店里去上班以后，宽敞的房间里只剩下一群女人。

哥哥在家里，大家打麻将。哥哥不在家，大家就玩纸牌。不过，没有哥哥在，也就是怪，一点热闹劲儿也没有。女人们一会儿就厌倦了。

一天，节子突然来到民子的房间：

“民子，你能不能放下学习喘口气。”

“我老在喘气呢。我现在是一切凭运气了。”

“民子，你不讨厌看文乐吧？妈妈今天来不了。这还剩下两张票呢。你去叫上朋友看吧。”

“嗯——大家都准备考试呢，给人家添乱不好吧。”

“你不能去约一下那个叫栗田的？”

节子不经心似的说。

去年年末到今年新年，民子那样照看栗田。节子觉得两人关系非同一般。以前，节子常听民子说起栗田来，可最近却听不到民子念叨了。节子想悄悄地摸摸民子的心思。

没想到嫂子会说起栗田，民子一下子慌了神。

“不找栗田，我去找栗田的表妹，那个可爱的小姑娘。”

民子没想到自己会这么说。说完便急忙走出屋门，来到放着电话机的走廊里。

“是桃子小姐吗？我是民子，井上民子。”

“哟，是井上小姐呀。”

民子听到桃子的声音后，全身热血涌动，感到十分高兴。

“你好吗？”

“嗯，挺好的。”

桃子似乎有些犹豫。但那声音柔和、甜美、低沉。

“栗田好吗？”

“……他最近好像挺用功的。当然也不是头悬梁锥刺骨啦。我给您叫去。”

“不用。我不找栗田。我想请你去看文乐。你喜欢看文乐吗？”

“我？还没有看过。什么时候？”

“明天下午。”

“明天？我可以。不过，我得和我妈妈说一声。您稍等。”

桃子一副少女的模样，去问她的母亲去了。民子正在等桃子回来时，听筒里传来了义三的声音：

“喂，喂。”

“晚上好……我可不是来找你的。”

“听说你要和桃子去看文乐？从容不迫，蛮有信心的嘛。”

“信心？我哪有啊。”

民子停顿了一下，说：

“考完试，咱们找个地方去玩玩。”

“行啊！”

“你还有精神去玩？”

“当然有。”

“是吗？光听声音，可一点精神也没有。”

给桃子打电话，义三肯定要出面的。民子虽然并没有明确地感知到这点，但事实却果然如此。她之所以突然想到邀桃子去看文乐，也是因为要从桃子那儿打听些义三的消息。

“我让桃子来接。”

义三说。看来桃子已经回来了，正站在义三的后面。

“请。”

民子简短地说了一个字。

欢迎你，福生

“Welcome FUSA”的罗马字上装饰着纸制的樱花。这里的樱花并没有凋谢，在风中发出哗哗的声响。

田地中的道路扬散着春天的沙尘。每当有车辆经过，人们都不得不转过脸去站在一旁等车通过。

樱桃夜总会所在的高高的山冈上，小樱树在路灯的映照下，绿叶显得愈发鲜嫩，衬托出深夜的静寂。然而，在夜总会里，此时似乎正是最为喧闹的时刻。

这是家美军驻军专用的夜总会。所以，所有的装饰都显示着这一点。饭店的屋顶上“盛开”着粉红色的纸樱花，红色的串灯笼放射着大红的色彩。

演奏爵士音乐、唱歌、跳舞的大舞台四周是大红的栏杆。

舞女脸上的化妆、身上的夜礼服裙都是极为大胆的原色调，而且十分暴露。这里混杂着颓废和野蛮，也渗透着活力。

房子就生活在这一切中。现在，她还是一个动作笨拙的见习舞女。

房子长睫毛下的大眼睛放着灼人的目光，令望着她的人们沉醉、震惊。每个企图靠近她的客人，在她锐利的目光注视下，都不由得避开她，向其他的舞女身边走去。

“房子，你还在做壁花，站墙角吗？真拿你没办法。”

曲子终了，加奈子从客人的桌子处走了回来，向房子问道。然后，她拉住房子的手，让她站了起来。

“客人走到你面前时，可不要用眼瞪人家啊。平时，舞女不好意思，客人都不愿意呢。更何况像你这副可怕的样子。”

加奈子把手放在房子的腰上，随着音乐的节奏，一会儿将房子拉过来，一会儿又把她送过去，两个女孩跳了起来。

“这哪成啊，看你那脸色，就像在守夜似的。”

加奈子似乎有些醉了。

房子听到“守夜”这两个字后，不由得想起为小弟弟守夜的情景，顿时双腿无力，瘫软下来。

“房子！”

加奈子又紧紧地抱住房子。透过薄薄的衣衫，加奈子心脏的跳动传到了房子的心房。

“房子，你在那个年轻医生那儿住那会儿还是个姑娘吧？”

房子脸红了，眼里含着泪水。

“要是不是，在这儿倒好了。他都对你做了些什么？”

房子不知道应该怎么回答才好。

加奈子仍然在疯狂地跳着。

“怎么样？这么跳，是不是变得愉快些？”

“没有。”

“人啊，都喜欢欢快、热闹。你也要快快乐乐的啊。”

“也不知为什么，我就是放松不下来。”

房子紧咬着嘴唇，身体被加奈子转来转去。

房子之所以要来到这样的福生，之所以要来依靠伸子、加奈子姐妹，只是因为她渴求与人的接触。她没有别的去处，而且以前也曾来过这里。当然这并不是主要的原因。更主要的是她内心的恐惧，迫使她来找寻昔日简易房子的邻人。

伸子和加奈子都很热情。但是，和与她们做邻居时比，她们的人品性格变了许多。房子并不想当舞女。但是，她们却试图将自己的生存方式全部地强加给房子。当然，这并不是出自恶意，而是出自于她们的好意。对她们来讲，只要每天过得有趣热闹，似乎就行了。而且，她们也确实攒了钱，钱也在增多。她们也变得漂亮了。

加奈子松开了房子的身体，说：

“你看，那个漂亮哥儿阿达对你可是盯了半天啦。现在又在看你呢。”

加奈子刚说完，便被一个黑人军官伸过来的手拥抱住。他们迈着轻松的舞步离去了。那橘黄色的裙摆飘来飘去，很是好看。

阿达就是那个长得像义三的男侍。房子在独自去寺院存放弟弟的骨灰时的归途上，在访问加奈子她们的那个晚上，都曾见过这个达吉。

达吉还不到二十岁，就开始周旋于这种地方的女人之间。随着岁月的流逝，他反而变得愈发孤独。渐渐地，他增长了一种自信，以为他的长相便是最大的资本。不过，他的内心仍然隐存着一种英雄无用武之地的虚无感。人们觉得他颇有做出骇人之举的危险。

自从房子来到樱桃舞厅学做舞女那天起，达吉的眼睛就一直在追寻着房子。

"到底还是来啦。被我吸引来了……"

阿达的眼睛似乎在这样说。

在达吉的目光注视中，房子感到极度的痛苦。这无疑是因为他太像义三了。

然而，达吉的目光显得那般热切，又充满着哀愁。

房子每时每刻都能意识到这个与义三相似的男侍。每逢与这双眼睛相遇，她脸都要发热变红，身体都要十分紧张。

房子并不是一个舞伴也没有。当她被长着不同颜色眼睛的、穿着军服的人拥抱着跳舞时，她与他们没有丝毫的交流。这使房子仿佛置身在一个遥远的世界，感到十分的孤独。每逢这时，她只要感到达吉的目光，便会突然觉得呼吸困难，喘不上气来。而且，当她离开达吉的视线时，她的思绪便会飞向义三。

他通过了考试，就要当医生啦。在河边的那所崭新的浅紫色的医院里，住着那个叫做桃子的善良的姑娘。

"哪儿也别去，你要等着义三啊。"

房子仿佛又听到了桃子的声音，心头不禁一热。

可是，自己却断绝了义三与自己的联系，来到了这个像外国一样遥远的地方，在和外国人跳着舞。

"痛苦的时候，我还回来。"

自己曾在留给义三的信中这样写过。可是，自己又有什么时候不痛苦呢。

"就现在这个痛苦程度，我还不能回到他的身旁。"房子心想。

房子十分留恋住在简易小房时的生活，留恋那铁门上的牵牛花、庭院内的无花果、荒地上的杂草。可是，那里已建成了千叶医院。

房子经常梦到义三将自己从这里领走的情景。唯有梦到此情此景时，她才不觉得悲伤。

当她回到现实中，又碰到达吉的视线时，心里不禁怦怦直跳。

摩托车

朝鲜战场与驻日基地的兵员开始交替移动后，夜总会的夜晚变得愈加繁忙起来。

像房子这种沉默不语、缺少妩媚之态、与人伴舞时过分死板的少女，到晚场结束时，也同样是累得双腿发酸、浑身乏力。

十二点了，大窗帘被拉了下来。

伴奏人员和舞女该回家了。但是，在大厅一角的酒吧前，仍是灯火通明。有些舞女要在那里熬个通宵。

房子最近经常不等伸子、加奈子，而是独自回家。

大厅里传来了伤感的闭店乐曲，就像掠过草原的狂风声一般。房子听着这乐曲，在舞女更衣室脱去夜礼服裙，换上衬裙，又在外面穿上粗呢的裙子，红格的衬衣，胸前系上一条飘带。

不知不觉中，房子的打扮也变得像基地的姑娘们了。当然，这并不是她自己选择的结果，而是加奈子她们强加给她的。

房子听说夜间一个人走路十分危险。

可是，除了伸子和加奈子，她很少和其他人讲话。所以，她一个朋友也没有。她还曾经听到有人在议论她“故作正经”。这使她更加难以同其他舞女交往了。

渐渐地，她养成了一个习惯：和任何人也不道别，自己悄悄地从后门溜出去，独自跑着回家。

要是去等加奈子，还不知会产生什么后果呢。

夜晚的寒冷、潮湿的空气，侵袭着房子双臂的肌肤。不过，不久就是五月了。

夜色中飘来阵阵温馨的气味。房子放慢了小跑的步伐。当她的眼睛适应了周围的黑暗时，她发现了开着白色花朵的树木。

这时，从山上开下来一辆吉普。房子好像听到有人在呼叫她的名字。

吉普在她前面两三米处刹住了车。

从车上走下来一个高大的士兵。

房子回身看去，吉普里好像还坐着女人，像是伸子、加奈子她们。

士兵大模大样地走了过来，大声说了两句什么，便突然抱起房子，试图把房子拉进车里。

“No，No，No！”

房子挣扎着，试图从士兵腋下钻出去。同时，放声大喊着她唯一能说的否定的词语。但是，士兵用长臂把她搂住，没费力便把她抱走了。此时的房子就像一条被人的手指捏住的小虫子一样。士兵很轻松地把房子放在了车上。

房子感到眼前发黑，浑身发抖，心猛烈地跳动起来。她觉得自己正处在很难摆脱的危险之中。她拼命地呼喊着：

“不要，不要。救命啊！”

房子嗓子喊哑了，再也发不出声音了。

车上的士兵和女人们大声地笑着，似乎在看着一场有趣的游戏。

那女人们就是伸子和加奈子。房子感到十分不解，她们为什么不和士兵说说呢，为什么不伸手去制止这一切呢。

“加奈子，救救我。我不愿意。让我回去。伸子。”

房子抽抽泣泣地说。

房子在狭窄的驾驶室里拼命地反抗着。吉普晃晃悠悠地跑了起来。

“危险！房子。”

加奈子探过身来，按住房子的肩。

“别动，坐好了！”

“让我下去，让我下去。”

“什么事儿也没有。就是去玩玩嘛。”

见房子要跳车下去，士兵提高了吉普行驶的速度。

在黑暗的荒野的路上，也不知行驶了多久。这时，一辆摩托车以极快的速度追了上来。

摩托车与吉普并行在一起时，车上传来威吓声：

“喂，停车。不停车，我就撞了。”

摩托车从侧面插了过来，疾驶着，挡住了吉普的去路。

房子刚要跳车，士兵用一只手抓住了她。就在这当儿，吉普猛地歪了一下，撞在了摩托车上。摩托车被撞倒，横在了路上。

“啊！”

女人们用手掩住了脸。吉普车在猛烈地撞击下停了下来。

摩托车上的男人站起身走了过来，叫了声：

“房子！”

凑到房子的前面的男人突然抓住那个高大士兵的前胸。

“你绝对带不走她。”

望着窜到自己面前的对手，士兵有些胆怯了。

“这女孩，是我的 wife。不是你的 girl。”

房子从车上滑到地面上。

“阿达，真够勇敢的。真棒。”加奈子说。

房子拼命地一溜烟地逃离了现场。

不过，当她听到吉普车开车的声音后，猛然地清醒了过来。刚刚救过自己的达吉现在怎么样了？周围静得十分可怕。

房子战战兢兢地又返了回来。

达吉跌倒在地上。房子浑身发抖，蹲下身去，靠近达吉的肩部。

“达吉先生，达吉先生。您怎么样？”

“没关系。一条命又算什么？！”

达吉挣扎着要站起身来。

“啊，真疼，真够疼的。”

达吉用手抓住了房子的肩头。

“房子，摩托车还在吗？在哪儿？”

达吉扶起摩托车，发动起车。

“好，还能走。来，房子，坐在后面。”

“没事儿吧？”

“没事。你从后面要抓紧啊。”

摩托车疾驶起来，达吉和房子谁也没有说话。房子紧紧搂着达吉，蓬乱的头发也无法整理。

返回夜总会后，房子用肩头轻轻地撞开门，显得十分紧张。

在灯光下，可以清楚地看到达吉满脸都是血迹。房子脸上一下子没了血色，声音颤抖地说：

“去看医生吧？”

达吉用眼神制止她，似乎在说“别嚷嚷”。然后，达吉打开洗脸池的水龙头，不停地洗着脸，冲着头。

血和泥被冲洗下来后，显露出耳朵上侧的裂伤。伤处已变紫发肿。房子站在达吉身后，不知自己应该做些什么。

夜总会里仍然和刚才一样。还有些舞女正在一边更衣，一边交谈着。

但是，没有人注意到他们俩。

达吉回过头说：

“你找个人一块儿回去吧。”

房子摇摇头。

关上洗脸池的水龙头，房子又把毛巾上的水拧了拧后递给了达吉。这条毛巾又沾上了血，房子认真地洗了一遍。

达吉一瘸一拐地向位于办公室后侧的自己的房间走去。

“你回去吧。”

达吉对在后面跟着走的房子说。

这是一个狭窄的小房间，只有火车一等卧铺车厢那么大。一面墙上有一个小小的窗户。

达吉从小抽屉里取出红药水还有薄荷脑软膏。看起来，他的手疼得厉害。达吉一下子坐在了床边上，似乎已经站立不住了。

达吉侧着头，老老实实地让房子在自己耳朵上侧的伤口处涂上红汞。

“疼不疼？”

“哪有不疼的伤口啊。”

“就这样，能成吗？”

“没关系。就是头有些晕，想吐。这儿的伤像是从摩托车上摔下来时碰的。头是被那个当兵的用东西打的。”

达吉摸了摸头，说：

“这儿起了一个疙瘩。”

“对不起。他们真够狠的。”

“这也是没办法的事。我要是他，肯定也要大打出手的。”

“男人，真是太可怕了。”

“嗯，是啊。挺吓人的。”

达吉故作正经地道。

“不过，人家要说闲话的。跟这儿的人，你就别说了。”

“我？可是，你要裹上绷带的话，人家一看就知道。”

“那我就告诉他们，这是打架受的伤。”

“快去医生那儿看看吧。要不然，会留下伤疤的。”

“没关系，也不在脸的正面上。而且，有了伤疤，还会显得凶相些。我不去医生那儿，我就愿意这样在这儿待着。留下伤疤，会让我想起现在这个时候。”

早晨的木莲

“我有个弟弟。那时，我经常给他往伤口上擦红药水。”

房子记起了往事，说。那时，弟弟掉到那条脏河里哭着回来后，她总要给他的伤口涂些红药水。

“他为什么就那么爱掉到河里呢？”

“我也是你的小弟弟？”

“没有的事。”

“你现在干活就是为了你那个小弟弟和你的妈妈吗？”

“不，他们都死了。”

“噢。那你怎么会到这儿来了呢？”

“我来找加奈子她们帮忙的。”

“这儿，不合你的性格吧？”

达吉把鞋胡乱地脱了下来，便躺在了床上。他紧皱着眉头，似乎胳膊、腿、腰都十分疼痛。

“那桌子下面有瓶樱桃白兰地，看到了吧，还有杯子。你倒上一杯，坐在那把椅子上，喝上一口。”

“我喝酒？”

“你照照镜子看。那是什么脸色啊。我抽支烟，再……糟了，打火机掉了。”

房子划了一根火柴，给达吉点燃烟。

白兰地喝在嘴里，很甜，可落到肚里，却像火一样的热。不过，房子却兴奋地说：

“我一直认为自己喝不了酒呢，没想到还行。就是有些发烧。不过，挺好喝的。我能不能再喝一杯。”

“行啊。不过，这甜酒要是喝醉了，可难受啦。”

“那个，大哥，你睡吧。我等天亮了，自己能回去。”

房子不知该怎么称呼达吉。像加奈子她们那样叫他“阿达”，她叫不出来。可是，要直呼“你”，她又觉得不合适。所以，她就叫了声“大哥”。可这个称呼听起来很有些称外人为“叔叔”的味道。达吉听到后，觉得很痛苦。

“叫我大哥？你是不是染上这儿的坏习气了？”

达吉微笑着，掩饰着自己的内心。

“是不是有人对你说过，别接近我，接近我很危险。”

“对，有人说过。”

“这倒是真的。我在这儿睡觉只是那么有数的几次。”

达吉说完后，脸一下子红了。房子也红了脸。

达吉为什么要说这些呢？房子感到吃惊、不解，心里跳个不停。

“房子，把脸转过去。我要给腰还有其他擦伤的部位涂些薄荷脑软膏。”

房子二话没说马上把脸转向了后面。

她想起了弟弟死后的那个夜晚，自己与义三守夜、熟睡过去的情景。自己为什么困成了那个样子呢。还有，在义三宿舍的那个夜晚……房子觉得自己那时太孩子气了。

就这么短短的半年，竟然发生了这么一连串意想不到的事件。由此看来，自明天开始的长长岁月又怎么可能预知呢。

两三个小时以前，房子还没想到要和达吉讲话。而且，她一直在躲着达吉。

每逢与达吉视线相撞时，她都会觉得像触了电一般。这是因为达吉和义三长得太像了。她又似悲伤，又似恐惧。

但是，现在，她坐在了达吉的身旁，却觉得他们只是脸形有些像，总体形象完全不同。义三清秀，并富有男性气质。而达吉，虽不能说不纯洁，但在他的眼圈上却蒙着虚浮的阴影，在他那天真无邪的根底却隐存着任性的冷漠。这和义三的温情、善良截然不同。

得到义三的帮助，和得到达吉的帮助时，房子都感到放心。但是这种放心却不是同质的东西。

不过，达吉是冒着危险，付出了牺牲来帮助自己的。而且，他不想从房子这儿获得任何东西，只是让她平安返回。房子觉得达吉更贴近自己内心的痛苦，更亲近。在达吉面前，她感觉不到在义三面前的那种自卑。现在，她甚至产生了一种抚慰、庇护达吉的愿望。

“行啊。”

房子不由得自语道，松弛一下紧张的内心。

“你要是涂不着，我来帮你涂。”

“不用。”

达吉颇有感触地说：

“尽是些出乎意料的事情。自己、人生，真是难以捉摸啊。”

达吉讲出了房子的心里话。

说完，达吉抬起上半身。

“一跳一跳地疼，是不是肿了。”

房子顺着达吉白色的背，向他的腰望去。或许是因为向前弯着身子的缘故，达吉的肋骨和脊骨裸露出来，十分刺目。

“我给你冷敷一下吧。等会儿，我去温湿毛巾。”

房子走出房间，来到洗脸池前。当她返回房间时，发现达吉的眼睛格外有神。

“房子，快三点了。睡会儿吧？要不，就太累了。”

“我一点也不困。你先睡吧。”

这回房子称呼的是“你”。

“我也不困。就跟打了一针‘砰’似的。这种晚上，要是打麻将，我肯定全是满贯。”

“什么叫‘砰’？”

“就是兴奋剂啊。”

“大家都挺喜欢打针的，就像是得了打针的病。加奈子她们也常打针。对打针，我想想都烦。”

“你以前到这儿来过一次吧？和那次比，你可瘦多了。就是那双眼睛倒是越来越有神了。你真够憔悴的，是不是生病了？”

“我不习惯这种舞厅。所以，挺累的。”

“看来你也是习惯不了啊。”

“我来这以前，是卖弹子的。在弹子的撞击声中就那么坐着，虽说又吵又没意思，可是不劳神。”

“这儿不合你的性格。我带你走吧。”

房子不禁抽了一口气。

“就这么着。咱们先坐火车，有多少钱坐多远。到了一个谁也不认识的镇子上，咱们就下车，在那儿干活。我到饭店当服务生，你到一个不景气的电影院去卖票。咱们再找个两三铺席大小的房间。钱可以没有，可身体一定要结实。”

“要能那样，当然好。”

“你真觉得好？刚来这个夜总会时，你不是还跟她们讲自己真想早点儿在这儿干吗？那是奉承话？”

房子心中一惊。

房间的电灯光变得出奇的暗淡，似乎是出现了月晕。房子抬头望了望，发现那为了采光用的高窗外已经蒙蒙发亮。

“天已经亮了。”

“让你陪我待了一个通宵。”

“从今天开始就是五月了。”

“对了。从今天起，饭店要变换装饰。装饰店子的一来，一大早就得起，那可受不了。我得好好地睡上他一觉。”

“我回去了。”

“我送你回家吧。”

“不用，天已经亮了。”

达吉跟在房子的后面，走出了后门。他颇为新奇般地望着外面天未亮时的景色。

“这就是五月的早晨，也没什么嘛。真没意思。”

昨天晚上，房子看到的那些开着白色花的树木原来是木莲。白色的花朵朝着天空开成了一片。

燕子

“燕子来了。”

义三抬头看了看 N 车站的电灯罩，对民子说。

其实，四月初，燕子就已经飞到这儿了。可是，义三发现它们，却已是考完试的今天。

燕子已经筑好了巢。雌燕子在行人头顶上飞得很低，也很快。人们几乎看不到它们的形体。

“这燕子是每年来的那群吧。”

义三停下脚步。

“去年从这儿离去的燕子又领着情人回来了？”

“我看在等发表考试结果的这段时间里，你最好研究一下鸟类。”

民子开玩笑地说。可义三却颇为认真地道：

“雪国的人都关心燕子，我小时候也是这样。所以，一看到燕子飞到了车站，我心里就放心了。”

民子没有再说话。对于民子来讲，N 镇既是她做实习医生的“老巢”，也是义三生活的地方。通过了国家考试，他们要是也能像“领着情人回来的燕子”那样回来，该多好……

今天考完试，义三邀请民子来家里玩。桃子和义三的舅妈想请他们吃顿饭，表示一下“慰劳”。

“桃子也请我去？”

民子自语似的说，显得有些孤寂的样子。

“桃子小姐是个好人。”

“是个好孩子。”

义三简短地应答道。

“我还想去这儿的附属医院看看。也许，还是等考试结果出来了再去为好。”

民子说。

“去年那个时候，我好像是最有劲头的。考试完了，男的一般都是信心百倍地要大干一场，可女人呢，多少要松一口气，而且不知要干些什么。”

“你不是说要回大学的研究室吗？”

“可回去以后，又怎么办呢？”

“那是你自己的事嘛。”

“你呢？”

义三沉默不语了。

“你看，河水变得清多了。”

民子显得十分惊讶地说。

清理河底的护岸工程正从上游向这里进展。两个人的脚下，也堆满了土块。那都是翻掘长满青草的堤岸后清出来的。一个半裸的男人扛着水泥方柱正在向河下走去。

义三最近几乎每天都能看到这种情景。

“这儿下一点雨，河水就会涨起来。看到那汹涌的劲头，你绝对不会想到这是条小河。这工程到今年台风季节就能够完工的。到那时，就不会出现孩子被冲走、被淹死的事了。”

“那次，你跳到混浊的河里游泳的样子真够棒的。真可以说是赌命般的决断。”

“什么决断啊。我什么都没想，就只有一个念头。看到被冲走的孩子，就要跑过去跳进水里去救他。”

“不过，那件事可是决定了你的命运的。”

“这不好说。”

义三的浓眉下掠过一丝阴影。

“她的去向，你还没找着吗？”

“光知道她在一个叫‘福生’的镇子上。可这个‘福生’是个什么地方，我就不清楚了。”

“你不准备去找她？已经绝望了？”

民子向义三身边靠了一步。

“这倒谈不上什么绝望不绝望的。我还从来没有对爱情绝望过，而且也不想在我的一生中有这种经历。只是，我十分担心，我的那点无用的同情、关心是不是会毁了那孩子的一生。这使我特别痛苦。我要是出现在那孩子面前，她又会怎么样呢？虽然有这些顾虑，但是我仍然特别想见到她。我也不知道自己应该怎么办。就这样，日子一天一天地过去了。我心里真是憋得慌。”

“要是孩子掉到河里被冲走了，还能够跳下去救他。可……”

民子停住话头，不知该怎么说。

“不过，那些值得你爱的女人都好像被河水冲走了，都在河水里挣扎呢。”

“我觉得接触女人的命运是件十分可怕的事情。在这个世界上，又有谁可以使这个女孩幸福呢。也许，我这样说是因为我的爱情太浅薄。”

“我觉得不是这样的。”

“爱情不是自己一个人的冒险，可是，就在我们这样议论的时刻，那个孩子也许就会发生什么不可知的变化。我最近渐渐明白了，无论是爱情，还是什么别的，这个世界上没有一样东西是静止不变的……当然，那个我从河里救上来的孩子，我却没能从疾病中将他救活。”

正说着，义三被什么东西绊了一下，身子向外侧歪了过去。

“危险！”

路不好走了，两个人只好一前一后地向前走去。

桃子牵着长毛狗从前方沿着道路迎了过来。义三和民子向她笑了笑。

可是，桃子一副似乎没有看到民子的样子，走到义三跟前，把脸凑到义三肩头上说：

“你房间的桌子上，放着一封信，是房子寄来的。”

间奏曲

桃子领着狗从别的入口进去了。义三径直向自己的房间走去。

只有民子一个人被引到那间面朝院子的西式房间里。这房间也不知是一家人的起居室还是客厅。

已经有客人在那里了。一个民子不认识的中年妇女和一个男孩背朝着钢琴坐在低矮的布面椅上。好像是母子俩。他们的穿着都很入时。

坐在那里，民子不知自己该往哪里看，只好呆呆地望着那浅紫色的崭新的墙壁。她心里想：再过一段时间，这一切都会变得沉稳安宁。浅棕色的窗帘也是簇新的。

桃子的父亲满面笑容地走了进来。

那对母子似乎是桃子一家的老相识。他们一见面就谈起那男孩的身体情况。看来她们是担心孩子的健康，刚刚请桃子的父亲检查过。

尽管民子与这个话题没有关系，桃子的父亲还是颇为机敏地与她搭着话。

“怎么样？考试？我们当医生时还没有这种考试，我们不用考试就当上了医生，那是我们的幸福。”

桃子的父亲大口地抽着烟，显得很香甜。他似乎是抽看病的空闲来稍稍坐一会儿的。当护士来叫他时，他又走出了房间。

桃子的父亲刚走，千叶夫人便走了进来。她上身着黑白相间的夹克，下身穿着黑色的裙子，显得十分协调。这使民子颇为感叹。

桃子端来一个银盘，上面放着白色的小碟子。小碟子上是鲜红的草莓。

“我还以为爸爸在这儿呢。”

“是啊。他总是坐不住。”

夫人对桃子说。然后，她把民子旁边的椅子稍稍拉了一下，坐在了穿和服的女客人对面。

她们俩也像是老相识。桃子的母亲说：

“你看，阿准，桃子他们都这么大了，大家又聚在一个房间了。真和做梦一样啊。”

被叫做阿准的那个青年不好意思地笑了笑，看了看桃子。

“义三在干什么呢？”

桃子说着，回过头去。

桃子的母亲把民子介绍给客人。

“现在又能这样平平静静、安安稳稳地聊天了。大家都挺平安……”

那位中年女客说。

“不过，到了东京，就一点儿自己的时间也没了。无论什么时候，都像站在道路中间似的，我这心总是安定不下来。我最头疼的就是税务局的事。那点事儿就把我折腾苦了。我真想再回到桃子这么个轻轻松松的年龄，再重活一回。”

“妈，我这个年龄可是不轻松啊。”

桃子向母亲抗议道。

“另外，我们家是开医院的吧。这医院，平平安安的人是一个也不会来的。我就想，为什么会有这么多不平安的人呢。其实，仔细想一下，我也不平安，也不轻松嘛。”

“对。这倒是真的。”

客人点点头，对桃子的母亲说：

“你一直都那么幸福，可能不太清楚。战争之后，我们的生活也是苦得很啊。最近，生活刚刚稳定了点儿，可我丈夫又不管我们了。男人真是太自顾自啦。”

看到母亲又要把家里的事儿搬出来了，男孩便变了个话题。

“桃子上学的学校是男女生同校吗？”

“在乡下是同校的。现在在私立学校，全是女孩。”

“噢。你是刚转学过来的。桃子小姐准备进大学吗？”

“还说不准。”

桃子看了看母亲的脸，笑了。

“我挺喜欢音乐的。可我的嗓音细，只能唱日本歌。钢琴我也练不下去……上完高中，我想再玩玩。”

“这么可爱的小姑娘，要是一个人生活，大概够她呛的。”

民子觉得自己成了多余的人。想到这些客人也可能要和自己一起吃饭，民子心里有些不悦。义三在干什么呢，他怎么还不快出来。

不过，那对母子已经准备回去了。他们道完别，站起身后，又说了起来。

“女人到什么时候，也不合算。这个孩子这么大了，从来也不找我丈夫要东西，总找我要。男孩子一要大东西，我就麻烦了。这不，非让我给他买辆摩托车。”

“今天，千叶先生说他是绝对健康，这我挺高兴的。可他乘机又要买摩托车，四处乱骑。那么危险，我哪受得了啊。要是桃子能和他一块玩玩就好了。”

“让桃子代替摩托车？”

“你这个人，一点也没变。以前就是这样。抓住人家的话柄，就给人难堪。”

桃子也出去送客人了。屋里只剩下了民子一个人。民子望着窗外，数着对面空中飘荡着的鲤鱼旗。

义三满面愁容，无精打采地走了进来。

民子一句话也没说，使着性子。义三也沉默不语。民子开口道：

“栗田，这儿可是有个人啊。你干什么去了，真没意思。”

“啊。我就不明白。这信让人真不明白。”

“你说什么呢？”

“那孩子来了一封信……”

“知道她在哪了？”

义三摇摇头，用两手按住太阳穴。

“我头疼得很。”

“真的。你脸色真不好。栗田，我看你再病一次也蛮好。比较起当医生的你，我更喜欢生病成了病人的你。我还去照看你啊。”

义三苦笑了一下，显露出一丝悲戚的神色。

“谢谢。我生了病，让你来照看。我也觉得安稳。”

“有个像我这样总愿照料你的人，你这个病人也够幸福的啦。”

民子温情地说。

“我确实够幸福的。得了病，有你来照料。不，不光得病的时候。我爱上了那个房子姑娘后，又让这儿的桃子来安慰我。真是的，为什么你，还有桃子要这样抚慰我呢？”

“大概是因为喜欢你吧。”

“也许房子的不幸也在抚慰我的内心。这就是爱吗？由于我的责任，让她的一大笔钱丢了。可她不仅不埋怨我，反而自己躲了起来。这好像是我把那女孩子给赶到了什么地方似的。”

“如果产生了爱，那么也就同时会产生某种伤害。谁都是这样的。”

“我觉得自己是个医生，挺好的。我也愿意这样。可是我没有救活那个女孩弟弟的生命，也可能同样无法帮助她改变命运。你，还有桃子之所以同情我们，就是因为这儿存在着爱？”

“话不能这么说。总而言之，你应该认真地考虑一下桃子小姐的好意。并不是只有那个姑娘的命运因为你动荡不稳的。桃子也是啊……”

民子的眼睛被泪水润湿了。她似乎要说她也是。

“我只能爱一个人。”

义三自语道，用手扶着额头。

“不过，这并不一定就是因为爱。好药由于用法不当，或者由于患者的体质特异，也会变成毒药的。假如我给那女孩吃的就是这种毒药……”

“那就需要急救。”

“对，是的。”

义三沉默了一会儿，说：

“我就想在这个社会里为最不幸的人们当医生。这是那个姑娘的爱给我的教训。如果我的爱最终只是给那个女孩带来伤害，那么我也只有这样生活下去，也只有这样去赎我的罪。”

“不过，一切还没有结束呢。”

“没有结束。现在我觉得爱是没有终极的……”

“她信上是怎么写的？”

“怎么说呢。我觉得那个女孩一定是受了某种打击，精神有些问题。看也看不懂。说是让我去，可又不定地址。还说有个病人，而且是个要死了的病人。我不清楚那个病人到底是那个女孩的什么人。”

义三抬起苍白的脸。

“你知道那女孩的眼睛吗？”

“欸，我稍稍看过。”

“那双眼睛在我面前像火一般充满着激情。”

民子忘情地望着义三激动的眼神。

摇晃的巢

达吉是个侍者，来樱桃夜总会还不到一年。他胆大、冷漠，同时又纯真幼稚，而且又有着女性般的敏感、孤独者的寂寞，在舞女里，在客人中，很受欢迎。女人们似乎觉得他具有同性的感情，便放下了在异性面前的故作姿态，渐渐被他吸引住。明明知道他不会付出真心，但女人们不害怕。即使被他抛弃，她们也只是觉得受了点擦伤。只要达吉在里面，绝不会发生什么大的争执。这使人们感到颇为不解。

达吉自小与母亲一个人生活。他十六岁的时候，母亲和一个比她年轻的男人同居了。自那以后，达吉陷入了极度的孤独。由于他长得年轻貌美，从那年起他就开始了与女人们的接触。不过，他却从未恋爱过，也不相信女人。他十几岁就开始独立生活了。但是，这种自立却是借助他的机敏，靠着他助纣为虐，在罪恶的边缘彷徨。

此次，达吉一反常态对房子如此倾心，其原因达吉自己也未必清楚。其实，原因也很简单。房子有着和他幼小时被抛弃在社会上的同样命运。这使他产生了怀念和痛苦。而这种感情又发展成一种憧憬，也可以说是一种初恋的情感。

所以，达吉同情房子的悲惨境遇，也决心去保护房子。

他自己不想招惹房子，当然也不允许别人去碰房子。

当他听到房子的呼救声时，他怎么也待不住了。这种冲动也可以说是他自己去救自己的冲动。

那天，夜总会的经理没有像往常骑摩托车返回东京的家里，而是搭客人的车走的。于是，达吉便找出经理的摩托车，临时借用了一下。

这辆摩托车是经理的心爱之物，是刚买不久的英国新车。他要是知道达吉用车去撞吉普，不知该要多么吃惊呢。

达吉受了伤，又放心不下房子，所以就忘记去看看摩托车的破损程度。

黎明时分，达吉送走了房子以后，心头涌上一种难以言喻的孤寂之感。他钻进被窝，睡得像死了过去。看他的睡觉姿势，就像是蝉蜕下的皮壳似的。

当他被人猛地推醒，睁开眼睛时，才发现屋里仍然点着灯，外面下起了雨，已是午后时分了。

“是你吗？把我的车给毁了。”

经理那张精力充沛的脸在达吉上方晃动着。

达吉嬉皮笑脸地、满不在乎地笑了笑，点点头。

“你怎么这么混啊。挡泥板瘪了，前叉子歪了，消音器也坏了。光修，就得花两万日元。”

“我赔你。”

“赔？别乱吹牛了。”

“吉普车给撞的。”

“吉普车？你这个混蛋家伙。你给我滚！你这个不要脸的东西。

要找侍者，有的是。”

经理说完便走了出去。

“哼，我早盼着呢。”

达吉一转身又钻进了被窝。他心里觉得十分的痛快。他心底又浮现了那个想法：带着房子，到其他地方去流浪。他闭上双眼，又进入了梦乡。

房子来到夜总会，大吃一惊。昨天晚上的事情已经传开了。

房子想去看望一下达吉，可又害怕众人的眼睛。达吉一直没有在舞厅露面，这使房子感到十分的不安。

今天，大厅的装饰变了，柳树上配上飞燕，彩色纸带的浪潮之中闪烁着五彩的小灯泡。随着乐曲的演奏，蓝色、粉色、柠檬黄色的灯光变换着，不断地改变着大厅的色彩。

客人还很少。加奈子向房子身边走来。她穿着袒露着后背的夜礼服裙。

“你见到阿达了？”

“没有。”

“你真够薄情的。听说阿达被开除了，他把经理的摩托给弄坏了。”

“真的。他不在这儿了？”

房子感到心里格外地乱。

“他也可能在房间里。阿达是个美少年，干什么都能成，而且像昨天晚上那样，又很有男子汉的样子。你要是喜欢他，就把他领到我那儿去。他在这儿是借住的，被开除了，就没地方住了。不过，在我那儿住长了也麻烦……”

加奈子不住地说道。

“你去房间看看他吧。”

“你和我一块儿去吧。”

房子心神不定的，只好央求加奈子和自己一块儿去。

房子跟在加奈子的后面，来到达吉的房间。

“怎么了？”

加奈子问。达吉脸上现出红晕。

“整整睡了一天。肚子饿坏了。仔细想想，昨天晚上吃饭以后就没再吃。”

加奈子笑也不笑，又问：

“被开除了？”

“听谁说的？”

“都传开了。”

“是那么回事。当然，我要低三下四地赔个不是也可能就没事儿了。可我没赔不是。”

“准备怎么办？”

“离开这儿。”

房子发现他的手提包里放着一个报纸包，里面像是鞋。

“你准备去哪儿？”

“我找个能让我借宿一两个晚上的女人，总能找到吧。”

听到这话，房子感到身上一阵发凉。达吉盯着房子的眼睛，说：

“怎么样，房子。和我一块儿去吧，就咱两个人。”

听他那轻松的语气，就像是在开玩笑。加奈子和房子都笑了。

“去哪儿呢？”房子问。

“你想去哪儿就去哪儿。要不然，就走到哪儿算哪儿。我就这么样出去了好几次啦。明天再说明天的，我也管不了那么多。”

达吉把帽子扣在头上，一副顽童的样子。夺人眼目的美貌上有着几道砍伤、碰伤后留下的伤痕，不知为什么，让人看起来很像个孩子。

“要是阿达一个人，那倒也行。可是……”

加奈子看了看默不作声的房子的神情，大姐似的道：

“阿达，你可以到我那儿住。就这么着吧。”

“到你那儿？你让我住？真的，行吗？那今天晚上就到你那儿借住一下。”

达吉显得十分兴奋。

“房子也住在你那儿。”

舞厅下班后，伸子和加奈子要去酒吧。房子生拉硬拽非让她们一块儿回去。

“你们两个人回去吧。我们回去了，多添乱啊。房子，你可真够怪的。”伸子说。

“不是那么回事儿。”

“那是怎么回事儿？”

“我一个人不好，你们一块儿回去吧。”

房子并没有意思要提防达吉。但是，她还是希望有人在自己的身边。

夜深了。但是，雨仍然在下着。

虽然伸子和加奈子姐妹俩拿房子开着心。可是，她们却没有任何坏心。她们兴奋地嬉闹了一阵，在爵士乐的伴奏下，离开了舞厅。

可是，回到家，却发现本该已经到了的达吉却没在。伸子和加奈子显得十分丧气。

“这是怎么回事？房子。”

加奈子问道。房子不知怎么回答。

刚才说可以让他留宿，达吉是那么高兴。可他现在去哪儿了呢？也许是到其他女人那儿去了。一想到这，房子显得有些心神不宁。

本来就没有达吉的寝具。大家在铺床时，特意为达吉腾出来了一个角，三个人紧紧地挤在一起睡下了。

“也不知他到底是来，还是不来。从一开始起就让人那么操心。房子，你可够呛啊。”

加奈子说。

“房子，你喜欢他到什么程度了？”

房子没有回话。

“别藏着了。你是不是想跟你喜欢的人睡觉啊。”

灯熄灭了。在一片黑暗之中，房子声音颤抖地说：

“我喜欢的是一个和他长得很像的人。”

“真的！还有和阿达长得像的。这可没想到。”

“噢，我想起来了。就是那个年轻的医生，加奈子。”

伸子对加奈子道。

“噢——是啊。”

加奈子似乎在沉思着。

房子一直把义三藏在自己的内心里，从没有和加奈子她们说过。所以她们什么也不知道。

“房子也想高攀呢，是单相思吧。你是想用阿达来代替一下吧？”

“怎么能说代替呢？！”

房子否定道。伸子翻了个身。

“那个医生和阿达对房子都挺亲热的嘛。不过，你一开始就对医生的事绝望了吧。绝望了，你才来这儿的吧。”

房子想：要是这么说，倒也是这么回事。

伸子和加奈子都睡熟了。房子却睡不着。她一直在等着达吉的到来。不过，等到她熬不住昏睡以后，虽然意识上她在等着达吉，但是在潜意识里她等的却是义三。在朦胧的睡梦之中，她好像在专心地做饭。那饭就是小弟弟死去的早晨请义三吃的饭。饭刚做熟了，义三却回去了。房子要在后面喊他，可就是喊不出声来。

“房子，房子。”

门外响起了达吉的招呼声。

“来了。你回来啦。”

房子赶紧起身去开门。她心头不禁一热。

“我还以为你出什么事儿了呢。”

达吉脱下被雨淋湿的外衣。

“我想今天晚上就去挣些活动经费，结果，输了个精光，我的运气全没了。一想女孩子，赌博神就讨厌你啦。嗨，她们俩都睡了。”

“到这儿借宿，也得早点来啊。”

“我以为她们俩还没回来呢。”

说着，达吉低头看了看。

“这是阿伸吧。女人睡着了，真是好。看那睡熟的脸，都像小孩一样。”

“是嘛。”

“可怜的人们。让我们睡吧。”

达吉只穿着内衣，鞋也脱了。

房子显得十分紧张。

“我睡这儿？”

达吉满不在乎地躺在空出来的地方。

“啊，我真想来点钱。”

“钱，我这儿有点。前天，舞厅刚发的。你拿去用吧。”

达吉没有说话，抬起头看了看房子。房子在达吉的旁边，没有躺下，坐在那里。达吉趴在床上，点着了烟。

“我看你别再当舞女了。要是在那种地方待下去的话，你就会变坏的。”

房子点点头。

明朗的五月

第二天早晨，雨停了。五月的阳光亮得刺目。说是早晨，其实已经将近中午时分了。吃完饭后，达吉说：

“我过会儿到东京的朋友那里，去找工作。我还想顺便找个住的地方。”

达吉站起身来。

“不过，加奈子，我还能在这儿住一次吗？”

“当然行。”

加奈子说完，脸上露出了笑意。

“阿达，你打女人主意的时候，总是这么绕圈子吗？”

“我这个人，嘴是不好。可我不打女人的主意。”

“让女人打你的主意？总而言之，这事儿问我，是不是找错了门？你去问问房子吧。”

“对房子，我就希望她别再干舞女啦。就这些。这不合房子的性格。”

加奈子无言以对，不说话了。

“我也要洗心革面，好好地去赚钱。房子也应该有她更快乐的活法。”

达吉对着加奈子她们的梳妆镜，刮起嘴边的胡子。伸子平静地说道：

“你的意思是说我们不该让房子去夜总会干？阿达，你要好好地赚钱，是想结婚吗？”

“总之，别人不把这个孩子当回事儿，我却要把她当回事儿。”

达吉兴冲冲地走了。当伸子和加奈子准备去夜总会上班时，达吉颇为疲惫地回来了。看那神色显得十分沮丧。不过，听那口气，还是蛮开朗的。

“我认识的那些人全是穷光蛋。我跟他们说，我跟老板闹翻了，被开掉了。他们反倒劝我，让我道歉，再回去干，累得我够呛。回来坐出租，和司机聊了聊。我打算去考个本子，也去开车。”

达吉表面上在对加奈子讲，但心里却是在向房子诉说。他把一个装着西点的白盒子放到了伸子她们前面，以此表示自己的心意。接着，他便歪斜下身子。看样子，他连坐也坐不住了。

“我先歇会儿啊。”

达吉声音微弱地说。加奈子回过头，问：

“不舒服吗？”

“嗯，有点儿。”

“你让房子看看。我们走了。房子，你就别去了。”

伸子和加奈子走后，达吉就打着轻轻的鼾声睡着了。看样子，他累得够呛。房子给他盖上了被子后，觉得不好坐在他身边，便走到院里去洗衣服。

在院子里，房子忽然觉得有人在叫自己。她连忙走进屋里，发现达吉显得十分痛苦。

“怎么啦？难受吗？”

达吉从牙缝中挤出的呻吟声似乎在拼命地挤压出他体内的痛苦。房子心里一惊，产生一种不祥的预感。她抱起达吉的头，放在自己的膝上，盯视着达吉的神情。

“噢，舒服，舒服，噢……”

达吉用下牙紧咬着嘴唇，口里断断续续地说着。他已经讲不清话了。

房子赶紧跑去叫医生。医生一会就来了。他一见达吉，便说：

“他得的是破伤风。”

医生说，达吉两天以前的伤在耳朵上，离脑子很近，情况很不妙。医生显得一筹莫展。

“大夫，救救他吧。让他能舒服一些吧。他太难受啦。”

房子显得十分慌乱，哭着哀求着大夫。

“受了伤的时候，要是做了预防注射就好了……”

医生道。说完，他给达吉做了血清静脉注射。注射时，达吉全身极度痉挛，房子不得不用双手按着他的身体。医生给达吉注射完强心剂、镇静剂之后，又观察了一阵，说：

“我叫一名护士来给他注射强心剂吧。”

“谢谢您，那就拜托了。”

“可是，这儿就你一个人吗？要是有亲属的话，让他们一块儿来照看一下吧。”

医生的话语里在暗示着死亡的来临。

按照医生的吩咐，房子遮住了灯光。她探身望了望达吉。极度的痉挛使达吉的脸看起来像是在欢欣地笑着。

“要活下去。啊，一定要活下去。我也愿意去爱护你。你一定要活下去。”

房子脸贴在达吉身上，祈祷似的向他倾诉着。房子的泪水淌进了达吉紧咬着的牙关里。达吉的胸部、腹部猛烈地起伏着，手和脚用力地摆动着，俯在他身上的房子几乎被甩到一边。

“啊！”

房子惊吓得大叫起来。突然，她想起了义三。义三要是在，他一定能救达吉。他一定能救达吉。给他打电报吧。

“不行！”

房子自语道。除了达吉，她不能将自己所爱的人叫到这里。现在，在这里，她爱的是达吉，她要使达吉活下去。房子觉得在痛苦中挣扎的达吉似乎就是自己本身。她的头脑开始乱了。她紧紧贴靠在极度痉挛的达吉的身体上，发出阵阵梦呓：

“活，活下去……”

护士赶来的时候，房子和达吉似乎都到了病情危急之状了。

“怎么样啊？”

听到护士的问话，房子也只是用呆滞的目光抬头望望护士。护士以为他们两个是一对年轻夫妇，便道：

“太太，你可要挺住啊。”

说完，护士便为达吉摸了摸脉搏，同时又开始准备注射强心剂。

在昏暗的房间里

天气变化无常。一会儿是阳光明媚的晴日，温度猛然上升，就好似初夏一般。一会儿又是雨天，冷得人们只好穿上外罩或者毛衣。

但是，不论是雨天还是晴日，花匠店旁的独立房屋的挡雨窗都不曾打开过。阳光、声音都被遮隔在外面。达吉在这间昏暗的房屋里已经与死神搏斗了七天。

尽管痛苦之极，但达吉的意识似乎仍是十分清楚。他那执着的视线不断地追寻着房子。为了达吉的这种目光，房子休息的时间变得更少了。

伸子和加奈子不忍心看着两个人的可怜之状，在屋子里时总是轻轻地走路，小声地说话。晚上她们也是老老实实地准时回来。达吉的病情时时发作，使她们也无法安心入睡。不过，达吉和房子的情况过于悲惨，而且十分紧迫，伸子她们也就顾不得自己的生活不便了。

“房子，让我稍稍替替你吧。你也睡一会儿。你再这样的话，也要病倒的。”

加奈子说。

“对啊。人的力量是有限的。让加奈子替替你吧。”

伸子也附和着说。

“房子，看你那憔悴样儿，瘦得光剩眼睛了。是不是吃不下东西？”

加奈子又道。

“不过……”

房子欲言又止。

“我……没关系。”

她想说“死了也没关系”，但“死了”二字却没说出口。房子的确是这样想的。

达吉的病是因为救助房子时所受的伤引起的。这使房子内心极度痛苦，同时也加深了她与达吉悲凉的爱情。当她看到在痛苦挣扎中仍然依赖着自己一人的达吉，心头涌上一种如似母亲又似姐姐的感情。在她疲惫的脑海中，达吉和在她的看护下死去的幼小的弟弟重叠起来。望着达吉，房子仿佛看到了幼小的和男的幻影。她眼前一阵眩晕，达吉又好像变成了义三。房子的心跳个不停，久久难以平静。

她心里怦怦地直跳，就好像怀抱着一只小鸟。

房子不停地触摸着病人的手腕。否则，她就会感到阵阵的不安。当达吉病情发作十分痛苦时，房子又振作起精神，抚摸着，按压着达吉的身体。说是按压，但是由于房子体单力薄，在别人眼里，她也不过是在抱着达吉，被痉挛的达吉晃动着。

由于不断地发作、痉挛，达吉消瘦了许多。他头发蓬乱，胡须也比平日长得快了不少。脸上颧骨显得十分突出。

“我觉得经我看护的病人都会死的。”

房子离开达吉的身边，请加奈子帮她梳理着头发时，小声地低语道。说着，眼眶里淌出了泪水。

“小和那时就是……”

这一天从早晨起，病人显得意外的安静。达吉浑身是汗，睡得很熟。

房子松了一口气。她一边为达吉擦脸，整理头发；一边道：

“看来，他有救了。”

忙完了，房子感到有些发困，打起瞌睡来。她弓着身子，头埋在两膝之间。加奈子扶着她，让她躺在了榻榻米上。顷刻之间，房子便睡熟了，好像是什么东西将她诱入了梦乡。

在睡梦之中，房子仿佛看到了一个金色的圆在浮动，似达吉又似义三的黑影影影绰绰地出现在那里。

有人轻轻地摇了摇房子。房子从梦中惊醒。

“啊。我，有人叫我？”

房子脱口而出。此时，她发现屋里情况非同寻常。她心里猛然一惊。

医生来了。达吉在痛苦地呻吟着。伸子侧着脸，用力地按压着达吉。

“对不起。”

房子慌忙走到近前，望了望达吉的神色。

达吉脸部扭曲了。眼睛瞪得很大，眼球显得十分呆滞。那奇异的痉挛侵袭到他的全身。

医生从胸部拔出皮下注射的针，一点也没压低声音，就说：

“心脏已完全萎缩了。”

房子想：这么大声音，病人会听到的。

“今天一直没有发作，我们还以为他转危为安了呢。”

加奈子望着医生的脸，说。

“他已经丧失意识了。他真能坚持啊……”

医生平静地说着，并为病人号着脉。接着，他又为达吉打了一针。当他准备拔针的时候，注射处的皮肤附着针也挑了起来。

加奈子她们明显地感受到达吉的生命力已从体内消失。

医生又为达吉数了数脉搏。过了一会儿，他把达吉的手轻轻放下，低声道：“不行了。”

加奈子首先哽咽着不停地说：

“阿达，阿达。你太可怜啦，太可怜啦。”

原来打算只让达吉在这里住上两三天，没想到他却死在这里。这真是一个极大的负担。加奈子她们在无意之中被卷入了那难以预测的命运之潮中。

送走医生，伸子打开挡雨窗。事隔几日，明亮的日光又照射到这间屋里。

“哪边是北？”

“院子是向南的。这样就成。”

加奈子答道。她们在讲死者枕头放置的方向。

达吉的耳朵上残留着小小的伤口。就是它，夺走了达吉年轻的生命。死去的达吉面部很美，就像温柔的偶人一样。痛苦已不复存在了。

“对不起，对不起。”

房子把脸贴在达吉的脸上悲伤地说着。她似乎忘却了伸子和加奈子的存在。

“是我让你死的。是我……”

房子浑身发抖，感到十分恐惧。她觉得达吉的死因就在自己。

廊沿上照射着刺目的阳光。伸子把脚伸到廊沿上，深深地吸了口烟，又缓缓地吐了出来。

“阿达的母亲真是个薄情的女人。我给她去了电报。趁阿达有口气，你来也好啊，可她呢……这女人有了男人就把孩子给忘了。”

“人死真够难的。生下来倒不费劲。”

加奈子也不知是对姐姐还是对房子说道。

“这两者，要说简单也都简单。”

伸子答道，

“我可不想死。多没意思啊。”

“人死了，是不是要给他擦干净，再给他穿上白色的衣服？”

“对啊。可有的人就没有这种福气。至于阿达嘛，我们尽可能为他做吧。加奈子，你去买花。现在没有姜花吧？我挺喜欢那种花的。我去夜总会把阿达的朋友们找来。加奈子，走，咱们一块走吧。”

“房子，你洗洗脸，换换衣服，把自己收拾得漂亮些。等人来了，看到阿达是在这么漂亮的恋人相守之下死去的，阿达是会成佛的。那孩子也是喜欢修饰打扮的嘛。”

加奈子说。伸子也点点头。

“对啊。房子也够不幸的……不过，还是好好打扮一下好。”

彷徨

加奈子她们离开后，房子突然离开了死者。

“真够凉的，让人受不了。”

挡雨窗全部打开了。院子里充满了白色的光亮，令人目眩。

房子认为达吉是能够获救的。所以在达吉与死神斗争的时候，房子也在斗争。

达吉痛苦时的呻吟，扭动，房子还是可以忍受的。但是，当达吉身体变得冰凉时，房子却失去了正常的神智与力量。

每当看到达吉的眼神时，房子总想如果达吉真的会死去，那么自己也就会疯的。现在，这真的成了现实。

母亲的惨死，幼小弟弟的死，另外还有曾救过自己、产生过一时爱情的达吉的死……这些与自己有关的人都死去了。

“栗田呢？栗田呢？”

房子低语道，并一下子站起身来。

“房子，你怎么啦？”

加奈子扔下买回来的花，紧紧地抱住房子。

“别怕，没事儿……”

“栗田呢？”

“栗田？”

加奈子盯视着房子。

在这花的季节，加奈子买来了多种花组成的花束。这多彩的火焰一般的美色被抛置在脚下后，便让人产生一种异样的感觉。加奈子找来一个现有的花瓶，把花束插在里面，摆在了达吉的枕旁。

伸子也回来了。

加奈子拽着伸子的袖子，把她拉到廊沿的角落上。

“你看，房子是不是有些不对劲啊。”

“有可能。病人那么痛苦，她又一直守在身边，而且病人又死了。这让谁神经都得出毛病。就连我们都有些受不了啦。”

“一想到和自己亲近的人都死了，让人真受不了。”

“姐姐，你要多注意一下房子啊……”

回到屋里，伸子往一个白色的雪花膏瓶里放了些灰，插上了香。

“这味真够难闻的。”

房子说。

“我不喜欢香。”

“人死了，就得像人死了的样儿嘛……”

伸子看了看房子，觉得有些奇怪。

“……要往脸上盖块白布的。”

房子说话时的眼神似乎在搜寻着远方的东西。

“我妈妈死去的时候，牵牛花开了。我记得还挂了个帘子，上面贴着张纸，写着‘忌中’两个字呢。”

说着，她把一个红色尼龙的钱包一下扔在了榻榻米上。

“用我的钱……”

“你的钱？……”

伸子感到心里发紧。

“你的钱都付给医生了，哪还有啊？！不管怎么样，阿达的母亲是要来的嘛。就是她不来，大家也有办法的。阿达的人缘特别的好。有的人想来看看的，可又顾虑你。还有的人听到他的死讯，都泣不成声了。”

说完之后，伸子不由一惊，赶紧看了看房子的脸色。房子的眼睛似乎仍然望着远方。伸子谈到了达吉的女人，可房子对此好像没有任何反应。

房子也不知想到了什么，突然走到廊沿上，竖着耳朵听了一会儿。

“能听到乐队的声音。”

“乐队？夜总会的乐队？还不到时间呢。”

“可能是哪儿新开店了？也说不定是大甩卖呢。”

加奈子也侧着耳朵听了听。

“我可听不见。”

“是来接我的吧？”

房子做出要走到院子的样子，但又迷迷糊糊地返回到房间里。她用剪子把自己的手绢剪开，就像小孩过家家似的。然后，她又把剪开的手绢蒙在达吉的眼上。这白色的一小块遮眼布使死者显得更加可怜。

“不是有更干净、更漂亮、更新的布吗。加奈子，你去找找。”伸子说。

房子两手捂着脸，突然大声地哭了起来。

“是我让他死的。是我让他死的。”

此时，沿街奏乐做广告宣传的声音传了过来，愈走愈近，十分吵闹。

“房子，房子，你说得对，是有音乐来了。”

加奈子大声地说道。

房子站起身来。

她仿佛看到了N镇的拥挤之状，仿佛听到了店铺与店铺的乐队、音响交织在一起的热闹声响。她忘却了达吉的死。

“我真想再见到她一次……”

“谁啊？”加奈子问。

“桃子小姐……”房子道。那声音就像是在直接招呼桃子一样。

“桃子，你在说什么呢？”

“桃子小姐……”

房子又叫了一声。

对于房子来说，在N镇中国餐馆与桃子的那次交谈大概使她产生了极大的震动，使她留下了深刻的印象。自小生活在悲惨、贫穷之中的房子从未受到过那般温暖的呵护。

穿着可爱的滑雪装的桃子把房子认作义三的恋人，从心底里珍惜房子的存在。她们都同样感受到了对方的热情。房子觉得如果是为了桃子，她也可以割舍义三。

当时，房子几乎没有说什么话。现在，她身心交瘁的现在，她觉得仿佛心底的栓塞被完全拔去，想讲给桃子的话一下涌上了心头。

“痛苦的时候，我还回来……”

房子脱口说出留给义三信中的话，之后便痛哭起来。

“房子，你怎么了？稍微睡一会儿吧。”

伸子用力摇了摇房子的肩膀。房子猛然从梦幻中惊醒。

但是，她马上又意识模糊，不省人事了。

“房子，要挺住啊。阿达死了，已经够受的啦。”

伸子皱着眉，心里产生一种不祥的感觉。

不久，夜总会的伙伴蜂拥而至，伸子和加奈子都忙碌起来。她们没有注意到此时悄然离去的房子。

房子来到福生车站，买了张去立川的车票。房子的衣袋里只有仅够买车票的一点零钱了。

房子昏沉沉地将额头贴在电车的玻璃窗上，出神地望着窗外的景致。她一心要回到N镇，她忘却了在这之前所发生的一切。不过，她却没有忘记在立川下车。

在立川这座陌生的城市，房子毫无目的地走着。

“去东京，去N镇，去有河的镇子……”

突然，她想起要问问过路的行人。

“去东京，是顺这条路走吗？”

房子声音尖亢，断断续续地问道。

“顺哪条路走都是去东京。你要去东京哪儿啊？”

年轻的男子笑了笑。房子也随着笑笑。这以后，她完全是毫无意识地挪动着脚步。

来到一座明亮的西式建筑的庭院前，望着那五月的美丽的花园，房子一下惊醒了，被眼前的景象吸引住了。

她靠近低矮的石墙，听到了轻轻的钢琴弹奏声。

“那是桃子。栗田先生也在啊。”

房子想着，说出了声。她感到心在猛烈地跳动，几乎要从心房中跳了出来。

小门轻轻地开了。房子按了一下大门的门铃。门里走出一个女人。房子道：

“我是房子。我要见桃子小姐……”

女人不敢正视房子那阴暗的眼神，说了句“我们这儿没有什么桃子小姐”，便关上了门。

房子晃晃悠悠地靠在了那扇门上。极度的疲劳感使她瘫坐在门廊的地上。她完全丧失了意识。

钢琴的演奏声停了，一位中年妇女和她的女儿探出了头。

“她是不是疯了？”

“要是她一直这么待下去，就糟了。”

“说是个很漂亮的女孩呢，那眼睛可亮了。”

“跟巡警去说一声吧。”

“还是跟女警察说好，女孩子嘛。”

“对啦，对啦。我想起一个人。不过，她不是女警察……”

中年妇女似乎刚刚想起来似的说。

“就是井上先生家的小姐嘛，她是女医生吧。”

“您说的是民子小姐？”

“对啊。让民子小姐来看看怎么样？她一看，不就知道是疯子还是病人了吗？！”

“民子小姐准行。请她来看看吧。”

院里的嫩叶

国家考试结束以后，义三一直在等待机会向舅舅表示自己要告别这种依赖舅舅一家人的生活。

可是，真到了那一天，舅舅却十分轻松，不当回事儿地说：

“一个人去干干也蛮好嘛。不过，考试结果一个月以后才发表呢。发表之前，你先在这儿帮忙。到时再走，也不晚嘛。”

舅妈从一开始就没把义三当做大人看。

“干吗要把事情想得那么复杂啊。想离开这儿，这可是危险思想啊。首先，桃子该多寂寞啊。”

舅妈话虽这么说，可脸上却显露出不安的神色。

桃子虽说最寂寞，但她在感情上最贴近义三的内心。桃子注视义三的眼神里总是流露出饱含担心的真情实意。

不过，对于义三总有一天要离开自己的家这一点，桃子还是理解的。但是，她没有谈到过这件事，也没有像以前那样再缠着义三对他撒娇。当义三情绪低沉、心绪不宁时，桃子便显出快活的样子，大大方方地亲近他。

第一学期的期中考试就要到了，桃子总是把数学、英语作业推给义三去做。医院星期天不开诊。所以，义三也就答应帮助桃子整理一下笔记。

桃子来到义三的房间，一边查找笔记，一边说：

“义三当家庭教师还真不错……我得趁着有个好家教，好好地学习学习。”

义三默不作声。

“你也教教我国语吧……”

桃子说。

“国语？”

“《更级日记》[1]。”

“那可不成，我最怕国语啦。要是学《更级日记》，有的是好的参考书。”

“看参考书，那也是生吞活剥，看完就忘了。有个好家教教我，就不会忘的。”

“要是教错了，咱们可就错到一块儿去啦。”

“那也行。我下午就去买参考书。你和我一块去，帮我挑挑。今天天好。”

“书店，这附近也有。不过，咱们还是去神田吧。”

“我对东京不熟。义三，你领我去过动物园的，我记得可清楚呢。后来，你又带我来到这个街镇，那是我第一次来，还去了你的公寓呢。当时，这儿还是一片废墟，破旧的门上开着牵牛花。”

“牵牛花？”

义三也想起来了。在长着牵牛花的门里面，杂草之中开着夜来

---

① 日本古典作品，11 世纪贵族菅原孝标之女所作。

香。那里还有房子的简易小屋。把房子从这里赶走，又把她从N镇赶出的又是谁呢?

义三无法再继续舅舅医院里的这种安逸的生活了。舅舅说再过一个月也不晚，可义三却心急如焚；为了房子，再过一个月就太晚了。可是，现在他要去福生市去找房子，就算碰巧找到了，可是他不能独立生活（哪怕是穷一些也没关系），所以也仍然不能收留房子让她过平静的生活。当然，他也可以去求桃子，让舅舅的医院雇用房子。不过，这也太异想天开了。而且，房子是从义三的公寓走的。让她到舅舅的医院来，她会感到憋闷。最终，她不是为桃子割舍义三、就是又再次逃走。

“到了神田的书店，你再带我去别的地方看看吧。”

桃子说。

“让我想想。咱们到新宿皇家御苑或者皇宫护城河边走走吧。那儿的绿树草坪很漂亮的。”

义三真想在那美丽的绿树之下把自己现在的心情讲给桃子听，向她表示发自心底的谢意。

院子里传来嘈杂的讲话声。桃子从窗户探出身去。绿色的嫩叶辉映在她的面颊上。

往下望去，コ字形的花坛旁停着英国产的新车，还有宝马的漂亮的摩托车。家里的人全聚在那里。

“我爸爸也想买一辆轻骑或者摩托车，用来出诊。他们是来推销的。”

桃子连蹦带跳地跑下楼，在楼下向义三招呼道：

“你也下来看看。”

“怎么样？你对摩托车没兴趣吗？”

舅舅也劝他来看看。

义三来到院子里。

“我也骑过几次。好像比滑雪容易。”

“当医生，没摩托车可不成。”

“不过，这条街上这么拥挤。小孩、行人那么多，太危险了吧。”

“病人大都住在胡同里面，没事儿。”

推销员看到显得十分活泼的桃子，便劝道：

“小姐，来兜兜风怎么样？”

“嗯，看样子不错。”

桃子随和地应道。

摩托车被搬了下来，放在医院下面的路上。桃子身着喇叭形下摆的毛料短裤，颇为轻松地跳上了摩托车的后座。

推销员戴上太阳镜，手上戴上手套。发动机响了起来，整个医院的人都来送行。

“就像是坐飞机去美国似的。不过，是被流氓劫持去的。”

桃子笑了。

“对我来讲，比起劫持人，推销可更重要啊。”

推销员也笑了。

“咱们去哪儿？”

“从甲州街道到村山的贮水池去看看吧。往返两个小时左右……”

“经过福生市吗？”

“要想经过就能经过。你想去吗？那儿有许多为外国人开的夜总会。咱们日本人到那儿都觉得不好意思。在一座十分冷清的村落正中间。”

桃子向义三挥了挥手。转眼之间，摩托车一下子不见了。一只白蝴蝶飞落在义三的裤子上。

义三想：桃子这是在排遣内心的郁闷。

“桃子真是个没准儿的野丫头。义三不在乎她这点吗？”

舅妈两手放在了义三的肩上。

“舅妈。”

义三脸上显出红晕。

“我这个人很任性，不成的。我想一个人过下去，请您原谅。”

舅妈白白的脸庞就在义三的近前。

“你对这儿的生活不满意？”

“没有的事儿。我十分满足。只不过我想凭着自己的这点点力量在社会上闯闯，受受磨难。我不想牵连桃子。”

“嗯——你这想法真让人难以理解。”

舅妈瞪着那双大眼，目不转睛地望着义三。那眼神中流露出令人心醉的亲情。义三感到有些羞涩，垂下了炯炯有神的眼睛。

“我想请您和我舅舅说说。”

“你舅舅可是说你是怪家伙啊。你准备什么时候走？”

“越早越好。我想到国立的福利医院或保健所去工作。以前，我一直受舅舅照顾。现在我毕业了，因为我自己很穷，所以想为穷人办些事情。当实习医生的时候就不说了，就是来到这所医院以后，我也能深切地感受到，贫穷的人是多么需要医生。”

义三平静了一下内心，想干脆把房子的事儿说出来。

“而且，义三喜欢上了一个桃子以外的人吧？这我知道。人的心是不受人左右的。遵从自己的内心，这对谁都好。”

舅妈抢先说出了义三的心思，弄得义三来了个大红脸。

“桃子和那卖摩托的一块儿去兜风，这可不同寻常啊。那孩子心里也苦啊。”

舅妈停顿了一下，又说：

“桃子和我不一样，是个心眼特纯的孩子。她绝不会妨碍你的。你可得把她当妹妹待啊。”

“嗯。”

“我嫁到这儿以前，也是另有初恋的人的。可桃子的初恋比我要认真多了。她是不会轻易结婚的。我相信义三要是和桃子结了婚，绝不会不幸的。可是，你的冒险，我们也阻止不了啊。如果你要是失败了，那就还回到桃子的身边来。那孩子是不会变的。”

义三低着头。

“那摩托车到哪儿去了？那位空想家又在车上空想什么呢？”

工作

义三和民子都通过了国家考试。

民子预先了解到义三工作的打算，也没有告诉义三，便也申报了同一个医院。义三如愿以偿，进了国立疗养院。可民子未被录取到第一志愿的国立疗养院，而是进了保健所。

一般而言，保健所、疗养所都很欢迎像义三、民子这样的刚刚结束实习医生生活的年轻医生。这种地方工资低，升迁的机会少，很多人干一段就会辞职不干的。所以，比较缺少人手。

总而言之，用不了多久，民子也能调到和义三相同的疗养院的。民子打算在情况允许的条件下，争取和义三一起干医生。这不但可以成为她眼前的喜悦，也可以成为她未来的念想。

桃子等义三要离开家时，让义三做出保证。

“星期六要回来吃饭。你要是忘了，我就还捣蛋，吓破你的胆。”

“现在没有牙膏照片比赛了吧。”

义三笑了笑，说。

“你这个人总是心不在焉的。要找你的毛病，拿你开心，有的是机会。”

来到疗养所，义三最为吃惊的是，这里病人太多，可病床又太少。贫困与结核的发病，形成了恶性循环。针对这种状况，义三打算研究一下最近的新药以及早期治疗方法。

疗养所位于武藏野的绿色地带。这座木造的朴素的建筑为红枫、杉、松的丛林所环抱。男性病人的病房就像以前的兵营宿舍，一条从头到顶的通道，两侧各有二十张病床。

病情极重的病人才能住到单间病室。可这种病室只有十间。

——禁止婴幼儿进入室内。

——重病病房，请放轻脚步行走。

到处都贴着注意事项，用来提醒探视病人的来访者。

有一个患肾结核的年轻的重病人。他是根据福利保障法进的医院。住院这么久了，可义三却没看到有家属来看望他。以前，他曾做过一个肾的手术，一度出院，后又复发。但不能再做手术了，只能采用些临时的内科疗法，等待死期的来临。最近，他晚上小便次数频繁，已到了极限。据说他病情恶化的消息已经通知给了他的家人。

一天，当义三查完房走出那个青年的病房时，他发现一个鲜见的、身着华艳服装的女孩在疗养院的走廊里走来。女孩一身黄色连衣裙，挎着个茶色的挎包，脸上的化妆颇为浓艳。她反复地看了看义三的脸后，叫住了义三。

“喂，喂……”

“大夫，你是不是房子弟弟死时来的那个大夫。您去过N镇吧？我就住在房子的隔壁。”

女孩子讲话的声音很高。义三便把她带到院里，站在紫苜蓿中。

“我今天是来看我哥哥的。大夫，我哥哥是不行了吗？”

“我刚来这所医院……你问一下T大夫吧。不过，你还是尽可能来看看他吧。”

义三没有直接答复加奈子。他盯视着这个房子的邻人。

“我哥哥真的不行了吧。”

从义三的言语中，加奈子似乎察觉到了什么。

“我哥住进医院有很长时间了。最近，又有了新药。我还以为他能得救呢。”

加奈子手里提着挎包，随手甩动着。

“我哥的一生就交待在这里啦，这算怎么一回事儿啊。要是不行了，就像阿达那样来个迅速干脆的。大夫，你对年轻人的死是不是觉得无所谓。”

义三没有回答。

“大夫，房子拼命照护的那个阿达已经死了。”

“阿达？”

义三反问了一句，想起了房子那封不可思议的来信。

“他和你长得很像。”

“和我很像？”

加奈子死死地盯视着义三。

“看起来并不那么像。不过，房子觉得他挺像你的。她总是在阿达那儿找着你的形象……”

义三猛然间觉得面颊到颈部有些发紧，问道：

“你知道她在哪儿吗？房子的住处……”

“她住在 M 的精神病医院。房子尽碰上惨事，再加上阿达又死了。弄得她精神不正常了。”

义三与加奈子告别之后，急匆匆地赶到了 M 的精神病医院。他曾和井上民子在这所医院做过最后一段的实习医生。

不论是在电车里，还是走进医院的大门时，义三一门心思想着房子，周围的东西什么也没看到。直到差点儿撞上眼前伸着双手拦住他的去路的女人，他才恍然清醒。

“栗田。”

“啊。”

“你刚到？”

民子平静地说道：

“你来太晚了。”

义三喘着粗气，道：

“原来是民子小姐啊？”

“你珍爱的人是我安排到这所医院的。”

“你？为什么？”

“我也不知道为什么。命运吧，命运的安排。”

民子嫣然一笑。

“她还不能交给你。你现在来了，也不能和她见面。当然，作为医生来讲另当别论。可你不是她的医生吧。比医生的关系要密切得多吧。”

义三听到“医生”这个词，心里平静了一些。

“她怎么样呢？”

“她是受了一时的打击，没有什么可担心的。不过，现在，她身体很虚弱。她在我家附近昏倒了。”

义三紧皱眉头，向民子低头表示了谢意。

“栗田，你这个人尽给别人添麻烦。我当医生第一个重病号就是你，还有她。”

“对不起。”

“哪里。这说不定还是我的幸福呢。”

“谢谢。”

“要你说谢谢还为时过早。”

民子看了看义三，又说：

“她要不要回到你的身边，这还很难说。因为她觉得自己所爱的人都会死掉的，而且深信不疑。”

“这不是瞎想嘛。”

“不是。她父亲就不讲了，她可怜的母亲、幼小的弟弟，还有夜总会的侍者……听说那个侍者是在救她时受了伤，才得的破伤风。她后来是去找自己的邻居，到福生的夜总会谋生的。她的邻居就是和房子一起从你舅舅那家医院的地皮上被赶走的姑娘。”

义三想起了加奈子。

“那姑娘的哥哥就是我们疗养院的患者。”

“你就是通过她才知道这里的吧？你得好好照看照看她哥哥。”

“可是，她哥哥已经没救了。”

“是吗？是因为穷耽误了吧。”

“嗯，可以这么说。他得的是肾病。”

“可你对房子，为什么不在她受到创伤之前抓住她呢。爱也同样有个关键的时刻。以为只要有了爱，任何时候都能结合在一起，这种想法是错误的。那么个无依无靠的女孩子，你怎么能任她流浪呢？”

“对不起。”

“看到你进这门时那个气势，我也就不好说你了。刚才，你的眼神有点像她。不过，让那孩子不顾你的死活，重返你的身边，也不是件容易的事情，这事儿也太惨了。”

民子说着，眼眶湿了。

“她经常像说梦话似的喊着桃子的名字。其实，这是在呼喊着你。不过，桃子能够那么干脆地割舍你，对房子又那么好，这一方面是因为桃子的性格，另一方面也是由于房子的感觉。栗田，你真是个幸福的人。”

民子是在说桃子，可又像在谈自己。察觉到这一点，义三心里很不是滋味。

民子换了一种语气，问：

“怎么办？”

“什么？”

“进医院去看看？去问问她的病情？”

“好，就这样。”

房子那燃烧着情热的眼睛仿佛在召唤着义三。

“是吗？不过，我觉得即使在远处，你也还是不看她为好。”

说完，民子突然把视线转向了空中，接着又移向了义三，脸上显出要告别回家的神情。

图书在版编目(CIP)数据
河边小城的故事 /(日)川端康成著；于荣胜译 .—上海：上海译文出版社，2018.4(2023.5重印)
(川端康成作品系列)
ISBN 978-7-5327-7636-8

Ⅰ. ① 河… Ⅱ. ① 川… ② 于…Ⅲ. ① 长篇小说-日本-现代 Ⅳ. ① I313.45

中国版本图书馆 CIP 数据核字（2017）第 280059 号

图字：09-2016-537 号

河边小城的故事　[日]川端康成　著
川のある下町の話　于荣胜　译

出版统筹　赵武平
责任编辑　叶晓瑶
装帧设计　尚燕平

上海译文出版社有限公司出版、发行
网址：www.yiwen.com.cn
201101　上海市闵行区号景路159弄B座
山东韵杰文化科技有限公司印刷

开本 890 × 1240　1/32　印张 9.75　插页 5　字数 114,000
2018 年 4 月第 1 版　2023 年 5 月第 2 次印刷

ISBN 978-7-5327-7636-8/I · 4680
定价：49.00 元